紫檀與象牙

——當代文人風範

師範 著

序
一起走過美好的文學歲月

封德屏

幾年前，很高興和當年《野風》的編輯師範先生聯絡上，除了專訪他的文學創作外，希望他自己也來談一談，在那個特殊的年代編輯《野風》的一些理念，以及和作者互動情形。師範先生答應了，二〇〇七歲末前，他親自將稿子送到辦公室，很客氣的請我們讀完後有什麼意見再告訴他。

一口氣讀完師範先生兩萬多字的文章，馬上就決定作為二月號的專題，一次刊完。師範先生本來就是一個優秀的小說家，他以說故事的方式，很自然的呈現屬於那個時代文學氛圍，更讓我們深刻感受到屬於那個時代的文學純度。文章裡描述《野風》的創辦緣起及當年的編輯實況，編者與作者因文學、因作品，彼此欣賞、鼓勵產生的動人情誼。並特寫了與於梨華、郭良蕙、鄧禹平、劉非烈、胡楚卿、郭楓、傅孝先七位作家，投稿、創作、交往的精采片段。

幾個文學的園丁，在年輕的歲月，竭盡所能的對文學付出，培養、收穫出這麼多的奇花異草，也帶動了一個時代的文學之風。尤其在政治禁錮、社會保守的一九五〇年代，《野風》的出現，無論內容及形式，都令人耳目一新，讓文壇灌注了一股清新的氣息。於是我央求師範先生再寫一篇文章，逐一介紹《野風》的編輯群：金文、魯鈍、辛魚、黃楊，並記述當年他們各自發揮所長，卻又合作無間的編輯生涯。文長八千字，《文訊》仍是一期刊出。

在台灣文學發展的過程中，曾有許多像《野風》一樣的優秀編輯群，隱身幕後，為喜愛的文學貢獻心力。而多年後，也只是像師範先生輕輕的一句：做了一件對的事，沒有遺憾。

為了實踐《文訊》當年創刊的宗旨：「以蒐集、整理文學史料，為文學歷史奠基。」我們持續以專題、專欄、專訪來評論、記錄、報導不同世代的作家作品、文學社團、報紙雜誌、文學活動。在這些不同的表現方式中，我覺得最珍貴的是作家的自述或口述了，我們往往從這些細緻、充滿感情的回憶文章中，重尋文學歷史長河中遺落、蒙塵的珍珠，試圖補綴一些斷裂的篇章。

師範的〈良師益友小說緣——在文協小說研究組的時光〉一文，就是在這種心情下邀約的。表面上這是一篇憶舊的文章，但藉著「當事人」的親身體驗與感受，許多已被文學史淡忘的名字——張道藩、趙友培、李辰冬、陳紀瀅、虞君質、水東文、楚茹……等；許多被現代化建築掩蓋的文化場景、文學地標——舉行始業式的公園路、介壽路口「新公園」裡的「中國廣播公司」禮堂，為期六個月的上課地點——公園路、愛國東路口的女師附小教室，溫州街巷弄內文人學者的亦師亦友，永和竹林路作家編輯的提攜後進；隨著這些文字，不僅喚起我們對歷史的記憶，相信經過歲月的淘洗與沉澱，浮現出來的，應該是捨去政治意識形態的對立，回歸到這些人對文學教育的堅持與奉獻。

我們希望有更多的作家，像師範先生一樣，用筆將過去的經歷記錄下來。很高興秀威科技資訊公司將師範先生這幾篇稿子匯集成書，編印發行，讓更多的讀者能感受並瞭解：在萬般艱苦的年代，曾有一些人，一起創造並走過一段屬於他們的美好的文學歲月。

師範先生一直是我敬仰的資深作家，因緣際會，促成這一系列文章的發表，為文壇的傳奇天空繪染幾抹瑰麗色彩，深感榮幸。謹以此文表達我對於師範先生以及那個滿懷理想熱情年代的崇敬之意。

紫檀與象牙——當代文人風範／目次

以文會友少年遊

導言

封社長囑我談談《野風》當年在「創造新文藝，發掘新作家」的理念下，與作者間互動的情形。這個題目說來話長，只能長話短說，舉例以明之。

一九五〇年十一月，我們幾個在台糖編輯組服務的同仁，金文、魯鈍、辛魚、黃楊與我五個人，創辦了《野風》文藝半月刊，創刊號在十一月一日出版。鑒於當時文藝界的情況，我們在籌畫期間就決定了幾個基本原則：

第一，不約稿件。因為如果約稿不符合我們的期望，又不便退回，將造成雙方不必要的隔閡，對彼此都不方便。

第二，凡作者來稿，必須經過五人小組逐一看稿後，以至少五分之三的過半數通過始可刊出。並且內部自行約束，不論五人中任何一人的親朋好友，歡迎投稿，但不可交由我們五個人中任何一人轉來，而必須放進一般來稿中，按照規定的審閱程序決定是否選用，無人可以例外。（金文曾有一親戚來稿交給金文，金文按照內部規定放進來稿一併審閱而未入選，結果頗為尷尬。但金文只能遵守規定。事後金文告訴我們此事時，也只是聳聳肩表示無奈。）

第三，因為不約稿，所以創刊時尚無外稿，必須先由我們五個人按照刊物需要，按照每人擅長的文類予以分類，以準備三期的稿量計算，分配每個人的責任交稿數量。但是這種分配，並不是每個人寫好就可刊出，而是仍按照審查外稿的辦法，由五人逐一看過，提出可否或修改意見，再經相互溝通後重寫或修改，直到五人小組以多數通過。而由於撰稿者本人不得參加表決，所以實際上較審查外稿更加嚴格，需要四分之三以上通過始可刊出。

第四，先作出版六期（三個月）的打算。如屆時稿源不旺，銷路不佳，則斷然停刊，所有負債由五人平均分攤。

我所以把這些事一一列舉，因為這是我們在看過當時所有文藝刊物後的想法與做法，目的就在首先建立制度，再從制度中獲得至少是較好的稿件。至於我們自己提供的稿件，後來因為第二期開始，就收到作者的來稿，所以我們五個人在第三期起就很快的解除警報，而把自己的稿件減到最少，到第四期時已經很少有我們五個人的文章了。至於此後如果五個人偶有自己的作品，也仍照前例審查。所以在《野風》初創階段，我們五個人在寫作上自尋煩惱有苦說不出，但木已成舟，祇好忍受。（寫作是一種自發的行為，被逼上梁山，就不是滋味了。）

《野風》在一開始就徵求外稿，目的就在完全跳脫文壇現況，把全新、完全陌生作家的作品引進這個全新的園地，希望能給這個社會以新的生命。所以徵稿簡約每期都刊在封面裡上半欄最醒目的地位。同時，我們也同步進行一次接一次的徵文。有別於封裡稿約的一般性稿約，徵文的重點在搜尋一般稿約中不易獲得的個別性、特殊性的感人故事，與經常性徵稿以雙線並進的方式，來獲得讀、作者的不同層面、不同凡響的精髓，充實《野風》作品的水準，或者說，擴展「創造新文藝」的範圍與面向，使讀者能得到更多的東西。所以我們在創刊號上即在內頁顯著的地方刊出第一次徵文啟事。在我們主持的四十期裡，我們與一般稿約同時並進的舉辦了六次不同主題要求的徵文，而得到廣大讀者、作者熱烈的參與與反應，得到的佳作出乎我們的意料之外，也在我們的期望之中，對《野風》內容品質的提升，貢獻極大。

《野風》雜誌當年在文壇掀起了別具風格的文學風潮。圖為《野風》幾位男編輯人攝於一九五一年十一月，左起：魯鈍、師範、金文、辛魚。

「野風」成員合影。左起：師範、魯鈍、辛魚、黃楊、金文夫人、金文、萬步青（業務部主任）、曾先生（業務部職員）。

在我們事先充分規畫，事後不斷進行並且竭力拓展下，《野風》的水準很快的達到我們初步的期望，並且日益提升。然後我們再接再厲，徵求讀者意見並且按照讀者意見增加篇幅，增闢青年園地，提高稿費，印贈作者《野風》紀念稿紙，成立讀者服務部，成立巡迴流動圖書館，舉辦以文會友等等取之於讀作者，用之於讀作者的種種措施，包括編者五人完全不支領稿費或津貼，而終於使《野風》被各界接受，達到每期銷量超過七千份的成績。

在我們主持的四十期《野風》中，我們在完全不認識作者，只問文章好壞不問是誰的情形下，共有四百多位作者曾在《野風》刊出他們的作品。其中固然偶然也有已有作品在外發表過，他的來稿被《野風》選用的一兩個人以外，百分之九十九的作者都是第一次在《野風》上發表作品。但是他們的作品完全是通過我們三個臭皮匠的考驗刊出，而且可以這樣講，所有在《野風》刊出過作品的人，他們的作品有的是一再被退，但仍一再投稿而被刊出；也有的是第一次投稿就被《野風》看中刊出，但是以後屢投屢退，但是他繼續努力，終於出頭。曾在《野風》上刊出作品，以後在台灣文壇大放異彩的好多作家們，我們的記憶裡，他們幾乎沒有一個人曾一帆風順的在《野風》裡每篇必登。（我們自己的作品也是被一視同仁的審查。有通過的，也有沒通過的。我自己對內對外的投稿，都曾被退。）我常跟我熟識的《野風》作者朋友說，寫作的人必須要面對現實（其實任何事都一樣必須面對現實）。退稿，是一種磨練，卻更是一種溝通。就像夫婦吵架一樣：雖然心裡生氣，但同時，更重要的是一種反省的溝通——從吵架中進一步瞭解彼此，尤其是自己。而退稿，正是一種重要的溝通：由此反省自己不被接受的原因，而改進自己。當然，這必須經過自我反省，然後成長、再成長。《野風》廣大的作者中，幾乎沒有一個不是經過這樣的考驗出來的。（當然，也有人被退稿而消沉下去，也有極少數的人甚至惱羞成怒，對《野風》而言，確曾有其人其事，但可確定那是絕無僅有。）

因此在這樣的前提下，在我們主持的前四十期《野風》裡，我們結識了很多朋友，而與有榮焉。他們與《野風》共同努力，不折不撓的給《野風》投稿，《野風》也義無反顧地提供他們以任何有實力的人都有機會進入的園地，將他們的作品藉由《野風》廣大的發行網，很快的送到各地：窮鄉僻壤，都市叢林裡各階層的人們的手裡，以及部分海外地區，特別是東南亞與北美洲華人群集的地方，向所有能看到的人推薦他們的作品。對《野風》而言，這不是什麼了不起的貢獻，而是在那個年代，那個時代，《野風》以無私、不苟的做法，提供了一份絕不脫期，不斷盡量增加篇幅，但是保持一貫純粹以文學為導向，期盼大家心靈提升的小小的刊物，與所有的文友分享我們對這個地區，這個世界的熱愛。而這種種的想法與做法，簡單的說，就是希望使我們大家每天都更接近真理一點。

經由《野風》的媒介而找到或增強他們文壇上應有地位的人很多，在我們主持的前四十期裡，記憶所及，就有潘壘、墨人、張默、張拓蕪、丹扉、鄭愁予、白靈、葉笛、夏菁、歸人、浦尚、子節、江述凡、王蠢靈、勞影等等好幾十位（四十一期以後，田湜與綠蒂主持時期也有很多今日名家投稿，不能掠美，故未敢提及），他們的作品，有的經過一般投稿，有的經過徵文入選，最後都成為《野風》的重要支柱。雖然經過五、六十年，但當年他們作品的內容仍然記憶猶新。

這裡我略舉幾位跟大家分享他們的成就。他們跟上述以及所有曾在《野風》刊出過作品的文友一樣，固執地向《野風》投稿，他們成就了《野風》，《野風》也公平地提供充分的園地，將他們的作品向讀者推薦。現在回過頭來，也驕傲地向所有愛好文學的朋友們說：我們沒有看錯。他們得到的一切，都是他們應該得到的。我們祗不過做了一些穿針引線的工作。

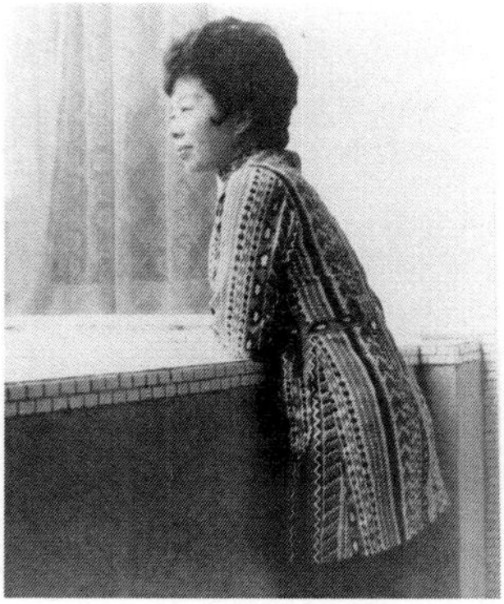

於梨華：不是上司的女兒

籍貫浙江鎮海，一九三一年生於上海。台灣大學歷史系畢業，美國加州大學洛杉磯分校新聞碩士，二〇〇六年獲維蒙特州明德學院頒贈榮譽文學博士。曾執教於紐約州立大學奧本尼分校遠東系，退休後移居馬里蘭州。曾獲美國米高梅創作獎首獎、嘉新文藝獎、傅布雷獎。著有散文《記得當年來水城》；小說《夢回青河》、《歸》、《也是秋天》、《雪地上的星星》、《又見棕櫚，又見棕櫚》、《燄》、《白駒集》、《帶淚的百合》、《會場現形記》、《柳家莊上》、《相見歡》、《情盡》、《一個天使的沉淪》、《屏風後的女人》、《別西冷莊園》、《在離去與道別之間》；報導文學《誰在西雙版納》；書信集《美國的來信》等。

《野風》創刊後不久，我們就接到一位署名「方莉夏」作者的來稿，題目是〈隕落〉的一篇短篇小說。〈隕落〉寫的是一個女孩與一個飛行員男友的故事。那天是她的生日，雙方早已約好要好好度過這一天。但是飛行員臨時接到任務陣亡，傷心欲絕的她因此自殺。

故事裡女主角的身分是作者的姊姊，那是一年前的事。現在作者來到姊姊的墳前給她送花，而空中正掠過震耳欲聾的F86軍刀式噴射戰鬥機的聲音。

我是第四個看稿的。前面看過的三人中，有一正一反的意見，另一位在簽註箋上寫著「本篇情節動人，但以女主角殉情結尾，似值斟酌。故是否採用，本人棄權。」

棄權？這是我們五個人看稿以來，前所未見的立場。這樣，我就必須仔細的看一看。

我發現它的文筆流暢，結構完整，無論敘述或是描寫，都適可而止。也就是說，沒有不必要的敘述，也不缺少必要的描寫。長篇小說應如此，短篇小說更必須如此。換句話說，它已經表達了這篇小說主題下必須表達的東西而沒有多餘的，不必要的東西。而從作者描敘中所呈現的場景與對話，都是日常生活中——女孩子日常生活與飛行員日常生活中習見的細節，而拉近了篇中人物與讀者間的距離——這是第一人稱小說原賦的優點——而使人讀了有「這是真的」，或至少也有「即使不是親身的經歷，也必有轉嫁的經驗」以為藍本，而增加了對讀者的吸引力。

而更重要的是，它的手法與主題。《野風》從不主張消極，而是在生活態度上鼓勵大家積極的面對人生。〈隕落〉在手法上，它先用第一人稱開頭並且也用第一人稱的手法結尾，但是主體部分卻完全用第三人稱來描敘。這樣的安排，在五〇年代初期的台灣非常少見。換句話說，作者在對這一篇小說的人稱上，是經過一番安排的，也展現了作者應該是在題材的取捨以外，對要用哪一種人稱去表達，是經過一些斟酌的。至於結尾是不是消極，是另一個層面的問題。這些層面，不是一個年輕單純的心靈應該負責的，雖然我當然同意上一位審稿者的意見。

於是，我寫下了我的意見：

一、文筆流暢，主題清晰，結構完整，故事動人，小說的基本條件俱備，擬予選用。

二、結尾確可更進一步，但此屬表現小說主題的一部分，將來如有機會，似可與作者交換意見。

最後看這篇稿的人是金文。他看完後在簽註箋上寫著：

一、本篇可用。發表時可置於當期首篇之後。二、此人有寫作潛力，應予鼓勵。結尾部分，同意所見，但不宜修改。可在適當機會，提供參考意見。（可否在稿費通知上「順便」提及？）

就這樣，〈隕落〉被排入最近一期，也就是一九五一年一月一日出版的《野風》第五期刊出。一月一日是元旦，又是《野風》首次徵文發表入選作品的一期，不論在時令上或是眾所企盼的徵文發表上，都極令人矚目。那是《野風》首次徵文的發表，徵文的題意是「我最難忘的一件事」。在七十幾篇的徵文稿中，僅入選了一個第三名，題目是〈我最難忘的一個雨天〉，作者是當時在台大讀書的一個女生張藹蕾，寫的是她的父親在東北遇害的事，那個令人難忘的雨天。原來她的爸爸就是張莘夫，那位全國皆知，著名的礦業專家，對日抗戰勝利後在東北撫順煤礦遇害的故事，那天下著不停的雨。〈隕落〉就在同一期刊出，緊接著〈我最難忘的一個雨天〉後面，位置同樣顯著。

在發稿費通知的時候，意外的注意到〈隕落〉的作者跟〈我最難忘的一個雨天〉作者的通訊處都是台大女生宿舍。方莉夏的本名叫於梨華。

但是我們在最後一刻，只寄稿費通知，而未提任何建議。文章天下事，得失寸心知。她自己知道該怎麼寫她的小說，我們不必自以為是。

然後，我們又接到一位署名鴻鳴的〈追不回的幸福〉的小說。這篇寫一個游泳溺水的男友，主角去他骨灰寄放的寺廟祭拜，接受老尼的開導。這種面對人生的作品是我們需要的。而在《野風》二十四期刊出後，在查看作者姓名寄發稿費時，發現鴻鳴也是於梨華。

過了一段時間，我們又接到方莉夏寄來了一篇小說〈埋葬〉。她在稿末簡短的寫了幾行字，一方面謝謝刊出她的〈隕落〉，並告知收到稿費，一方面說再寄上這篇，敬請指教等等。這次她使用了那篇世界名著的短篇小說〈一封陌生女子的來信〉的手法，把一個單戀女孩的心理刻畫入微。但是不同於〈陌〉文的處理，也不同於〈隕落〉的處理，她不但把那個單戀女孩的心理刻畫入微，更重要的是，她使她最後終於從自己不斷的失望中覺醒。

她懂得了如何避免悲劇。或者，知道了如何面對現實：真正的人生。我們從她的作品中看到一個作家的成長過程，一顆新星應會誕生。

因為她自己已很快的找到了寫小說的要件。僅從題目上，就可看出，她已自我突破，然後是內涵：而破繭而出。

不過一直到這個時候為止，我們還未見過她本人，直到有一天。

農曆新年來到，那時作興拜年。拜年是不能不去，不能多去的麻煩事。然後我們想出了集體拜年的辦法，這對雙方都好。於是我們幾個人在金文的率領下向公司的主管拜年。我們要在一個上午都拜完，這樣下午就可皆大歡喜了。那天轉來轉去，轉到一位副總經理的家裡。副總經理家出來開門的是一個年輕女孩。她延我們進入，脫了鞋子，走上榻榻米來向副總拜年。大家抱手為禮後，副總請我們入座喝茶，吃點心。他看見那個女孩把茶端過來時，就拉著她的手向我們說：

「你一直希望見到《野風》的人。現在你好好請他們指教指教。」我們一面說「不敢當，不敢當」，一面聽那位副總一一把我們的名字告訴那個女孩，然後他向我們大家說：「這是小女於梨華，現在台大讀書。」

我們才知道，她就是於梨華，那個給我們〈隕落〉、〈埋葬〉等小說的台大女生方莉夏，與〈追不回的幸福〉的鴻鳴。

然後我們有了來往。她來公司看她的爸爸時，也會到我們的辦公室來，跟大家稍微聊上一陣。原來張藹蕾跟她在同一個宿舍。有一次談起〈隕落〉，談起〈埋葬〉，她說：

「我寄〈埋葬〉給《野風》時，自己覺得稍微有點進步，」她依舊謙虛的說：「你們覺得我是不是有點進步？」

這時想起她寄〈隕落〉給我們時，我們的意見。

「你不要生氣，」我把當時大家想過，但是沒有提出的「意見」笑著告訴她說：「我們都很自以為是。」

「那你們就錯了，」她說：「當時你們就應該告訴我——你知道嗎？我是從〈隕落〉中走出來的。你們不覺得假如〈隕落〉是一個故事，經過〈追不回的幸福〉，而〈埋葬〉已像一篇小說了嗎？」

這種直爽，自我批判的個性，使我們大家與她都成了真正的朋友，知無不言的諍友，而不是上司的女兒。然後大家相處得更熟的時候，她告訴我說：「我原來想讀外文系。可是系方認為我讀別的系比較好。不讀就不讀。所以我就讀歷史系。」

從她以後不斷的在文學創作上的成就而言，塞翁失馬，焉知非福。她開始在各報刊登出很多的小說，聲名日高。她去美國留學，應徵有名的米高梅電影公司的劇本故事徵選，她的〈揚子江頭的嗚咽〉是唯一入選的華人作家的英文作品。到那時為止，甚至直到現在，我還沒有聽說過那一位台大外文系出身的華人以英文作品被美國或其他任何英語系統國家的出版社或電影公司錄用過。但是，讀歷史系的於梨華卻入選了。「不讀就不讀」。我還記得她噘嘴的樣子。

我們一直保持著聯繫。她回台時，我們就會聚敘，她離開台灣時，我們就看報刊中陸續出現的她的作品。一九六三年她的第一個長篇《夢回青河》出版時，她回到台灣，見面時先送我一本。

「你看看，我寫的對不對。」她翻開封面後的首頁，指著一行字說：「如不合適，我就收回。——我自認你這個多年的朋友，是我寫作途上最早的知音：知無不言，時通音信。」

我笑著把《夢回青河》的首頁翻開。我看到台大文學院長沈剛伯，以及旅居香港的知名作家徐訏等為她寫的序，那些不輕易為後生小子推介的耆宿對她作品中肯的評介，只有像她這樣有才華的人才能獲得的榮譽與評介。然後，我看到裡面寫著：

送給師範——多年的朋友

梨華　一九六三年旅台

「如這樣不合適，那你要怎樣寫？」我笑著說：「難道下款要寫上司的女兒某某人嗎？」

「唉，」她嘆了口氣：「你們當年拚命的為這塊土地耕耘發掘，使多少有志寫作的人，有適當的園地可以發揮，而成就他們的理想，這就是我們真正的朋友。我多年的朋友。——更重要的，你們從沒有把我看作上司的女兒。」

真的，我們從未這樣想過。雖然她確實是我們上司的女兒。因為，我們當時認識的是那個寫出〈隕落〉、〈追不回的幸福〉、〈埋葬〉以及包括〈夢回青河〉、〈又見棕櫚，又見棕櫚〉等等許許多多好文章的方莉夏與鴻鳴，後來叫於梨華的人——不，她本來就叫於梨華。

郭良蕙：嚮往文學的心鎖得住嗎？

籍貫山東鉅野，一九二六年生於河南開封，一九四九年來台迄今。四川大學外文系畢業。創辦《音響世界》雜誌，曾任《上海新民報》記者，後專攻小說創作，一九五三年出版第一部作品，近年來浸淫於古董文物的研究。現為郭良蕙新事業公司負責人。著有散文《格蘭道爾的早餐》《郭良蕙看文物》《文物市場傳奇》《青花青》《世間多絕色》《人生就是這樣！》；小說《銀夢》、《泥窪的邊緣》、《禁果》、《情種》、《感情的債》、《黑色的愛》、《牆裡牆外》、《第三者》、《女人的事》、《午夜的話》、《心鎖》、《青草青青》、《樓上樓下》、《第四個女人》、《雨滴和淚滴》、《嫁》、《他們的故事》、《鄰家有女》、《加爾各答的陌生客》、《花季》、《台北的女人》、《第三性》、《緣來緣去》；合集《郭良蕙作品集》（一——十八）等。

一九五一年年初，我們收到一位作者署名「蕙」的來稿，一篇題目〈稚心〉的短篇創作。這篇小說不足五千字，寫的是一個為國陣亡軍人的遺孀，帶著一個三歲半孩子的少婦，給一個富貴人家幫傭，從那個不懂事孩子的眼裡所看到的富家大戶的情形，以及孩子的媽媽處處小心，以免孩子的不懂事得罪了僱主，以求溫飽的故事。

那時的一切跟今天的社會很不一樣：知足。認命。

這篇小說被我們以四顆星的肯定選用。但那一票不是否定，而是金文太忙了，沒看。他的理由是，有五分之三的多數就通過，現在已有四人認可，他樂得在刊出後再看清晰整齊的鉛印文章。這篇小說就在一九五一年二月十六日出版的《野風》第八期刊出。

不久，我們又收到她的一篇投給《野風》「婦女與家庭」欄的〈當他有了外遇時〉的譯作，並且附來了刊載於一九五〇年五月號《YOUR LIFE》第六十五頁的原文。因為我們的稿約上有這樣的規定：「譯作請附原文，並註明出處」。譯者遵守規定，並且在稿末註明出處。

「婦女與家庭」欄由黃楊負責，但所有稿件還是仍按規定須經大家看過，並以多數通過選刊。黃楊先看後簽註「可用。譯筆信、達、雅兼備，文意又佳，屬上好譯作。」黃楊說的沒錯。與原文對照之下，信、達不必說了，在雅上面，譯者真有點功夫，特別是在一個接一個形容詞或名詞片語與介系詞後動名詞間聯接運用時的譯筆，真的要有點能耐才行。這時我突然想起，我們曾刊出過她的小說啊？然後我很快的從第八期上找到她的小說：這個人有多方面的才華，中英文都好，能寫小說，也能譯述，她還會什麼？後來熟識了，才知道她是川大外文系出身的高材生。

這篇譯作在一九五一年六月十六日的《野風》第十四期上刊出。

從此以後，我們陸續刊出了她一篇接一篇的小說，包括〈太太的俘虜〉、〈轉移〉、〈南下車中〉、〈雞鳴早看天〉及〈陋巷群雛〉等各種面向，各種主題的短篇小說，其中〈陋巷群雛〉以五顆星入選。她的署名一直是「蕙」。

終於有緣識荊。一九五一年九月，《野風》以文會友，在台北市中華路的蓮園（現在是國軍文藝活動中心）舉行文友聯誼會。凡是已登記，辦完文友手續的《野風》文友——包括作者與讀者——都被邀請。到發出通知時為止，參加《野風》以文會友的有四百一十九人。當然，其中約有半數以上，都不住在台北市，所以我們準備了兩百個座位以為足夠了，結果仍然超出我們的估計而高朋滿座，後來的人只好站在後面。在我們報告了《野風》編務與文會籌備的情形後，司儀請來賓與文友們講話時，沒有一個人上來。我就拿著他們進場時的簽名單，去尋找曾被《野風》刊出他們作品的人。我發現有「蕙」的簽名，就請司儀請「蕙」上來跟大家說幾句話，與文友認識一下。這時座中一位身材高䠷的漂亮小姐站了起來，在大家的鼓掌聲中上台致詞。很不湊巧的這時麥克風突然失靈，她只好在台上以清脆的聲音介紹自己後就在大家的掌聲中謙虛下台。

她就是「蕙」。郭良蕙。一個才貌雙全，如日初昇的年輕女作家。

在這以前，她不斷的為《野風》寫稿，此後也是。在我們主持的前四十期《野風》裡，她的每一篇小說裡的主題、人物、用筆方法都不同：什麼樣的題材，用什麼樣的筆觸。例如那篇五顆星的〈陋巷群雛〉，顧名思義，完全不是一個年輕女性最熟悉的男女感情等等主題與場景的文章，而是一群「野孩子」們的「陋巷風雲」，但她以小說必須的觀察、體驗、想像等方法，予以顯著的呈現。

這說明了她寫作取材的廣泛，觀察的入微，以及表達各種主題中心思想的能力。《野風》有機會提供了園地，給像她一樣的有文學天才的人在這裡發揮，而讓眾多愛好文學的人們，很快就認識，並且喜歡這位不談政治，專攻人性的年輕女作家，以及其他同樣具有文學天才的作家們，是我們的心願：《野風》的宗旨：「創造新文藝，發掘新作家。」我們引以為慰、為榮：因為一顆新星已經誕生。

一九五二年七月，《野風》在四十一期起交棒給田湜主持後，也像我們一樣，不斷的刊出她的作品。到了十月，她來信說，她要出版一本小說集，希望我給她介紹印刷廠，以及幫忙校對的工作。我告訴她我會盡力而為，但是有關印刷條件與費用，希望她能來台北一次，親自跟印刷廠談好。大原則決定了，其他的我去做。她說這些問題她都不懂，是否可由我代為洽定後告訴她就好，初校寄給她，然後她連同設計的封面都寄給我全權處理。在信件多次來往仍無法推辭以後，我只好照她的原則去做。到了當年年底，終於一切辦妥，並在一九五三年一月正式出版。

新書出版了，我把印刷廠的帳單寄給她，並且檢附清單，包括排版、印刷、紙張數量等等在內，請她查核。如有錯誤，並請指出，以便向印刷廠提出，並核付餘款。她來了回信。

我這次出這本書，全是你在幫忙，也不知如何言謝，所以就不客套了。只有一件事不能不說。你這樣鉅細靡遺的列出這份帳目清單，我可是服了你。一分一毫，一板一眼，清清楚楚，有稜有角。你不像一個寫小說的人，你應該讀理工。

我回了她一封信。

受人之託，即使不忠人之事，也要裝得像樣一點。我這樣一張有模有樣的清單拿出來，這樣你就是被詐了，也只好啞巴吃黃蓮。——學理工的人不見得會做假帳，你要知道，我是讀什麼的？比讀理工的人要危險多了——至少，我不會給你墊付。

這本書就是《銀夢》，她的第一本短篇小說集，在一九五三年元旦出版。其中包括十四個短篇小說，每篇的人物、身分、主題、與處理的方法都不同，絕大部分是在《野風》發表過的作品。她也更受到大家的喜愛，聲譽日隆。

有一天快下班時，突然樓下大門口傳達室裡的人打電話上來說有人找我。我請他上來。不一會兒，她就跟一位英俊的空軍軍官一起走進我的辦公室。大家起身相迎，招呼他們坐下。她給我們介紹：「這是我的先生孫吉棟。」吉棟在聽完她介紹我們後，就站起來說：「對不起，因為臨時有任務，我不坐了。——請你們幫忙接待這位不速之客——她想看《聖女貞德》，麻煩你們哪一位陪她去看，看完請在十點半以前送她到勵志社招待所。謝謝。對不起，車子在下面等，我先告辭。」說完不等我們回答，他向大家舉手行了一個軍禮就走了。我們也在匆忙間擺了擺手，由黃楊與我陪她去看《聖女貞德》。

有一段時間，我的工作地點在中部西螺大橋附近。離嘉義很近，但是不知道為什麼就是很少去附近走走。有一天潘壘來信說要來我鄉下的「花園辦公室」看看。「來啊，我們一起去看郭良蕙，她就在附近，我還沒去看過她。」於是聯絡好了以後，我們在一個禮拜天去找她。在火車站噴水池旁的一家餐館吃過飯，她邀請我們去她家喝茶。那時都是榻榻米式的日式住家，客廳與臥室間以活動紙門間隔。我們東談西扯，不知怎麼談到她的另一半。她突然從籐椅裡站起來，拉開隔間的紙門，指著她臥床下放著的一只皮箱說：

「你們看我那只皮箱。」她說：「這是我來台灣時從上海一路帶來的。這裡面有很多寶貝，包括以前男朋友給我的信。我每次出門，即使是去買菜，也一定把它鎖上，並且做了一個記號，回來就去查看有沒有動過。每次都沒發現有被動過的跡象。這很反常。」她笑著說：「後來有一次我索興把鎖虛套在上面，故意把鎖把扭轉一點，但是我在箱子裡做了暗號：有人動過了，我就會知道。那天我外出回來，仔細查看，發現裡裡外外都沒有人動過。他下班回來，我就問他，為什麼不偷看我的祕密？你知道他怎麼說？」我們笑著，看著她，她說：「吉棟說：『我幹嘛要自尋煩惱？』——你們說氣人不氣人？」

我們三個人都笑了。後來潘壘與我也都結婚了，才發現這不是郭良蕙另一半的專利，也是我們這些朋友們跟另一半共同的專利。

我們大家就維持著這樣持久的友誼。以後她的作品有如泉湧。一顆新星不但已經誕生，而且日益耀眼。

一九六二年深秋，郭良蕙打電話來。糟糕！她送我的《心鎖》我還沒謝她。她恭維我在《皇冠》上發表的那篇小說，我則謝謝她送書，而抱歉沒馬上謝她。

「我正為這事找你。」她說：「有人找我麻煩。」然後她告訴我，《心鎖》被當道大肆撻伐。說王藍代表文協，要跟她在電台公開「辯論」。她無法拒絕，但希望「辯論」中有一個第三者說話。她說王藍同意，並且同意由她推薦。

「我想到的唯一人選就是你，」她說：「如果你不願意，我就不要這個第三者了。——因為大家都信任你。」

這是太抬舉我了。我打電話給王藍溝通，他不同意取消這個「辯論」，反而說：「她找你很好，我完全贊成，大家知道你的人品。」

不溝通則已，反而來了兩頂高帽子，我只好出席。

王藍首先提出，大家都知道郭良蕙是文壇知名的女作家，大家都敬佩她的才華與作品。

可是《心鎖》使她陷入泥淖，希望她能向國家社會致歉。以她的才華，一定會更上層樓。「被告」則說，小說是虛構，目的在暴露這個醜惡的社會現象，使社會大眾知所警惕，遷過為善。而且國內外也有很多名著，其中描敘有過之而無不及，這是社會問題的反映，不能戴有色眼鏡去看。

我說我對這件事的發展感到痛心。簡單的說，說這本書會造成對國家社會的重大影響，恐怕是太抬舉它了。每人寫作的風格用筆都不一樣，讀者是否接受更是另一個層面。因此，任何一本書的存在價值，是由廣大的讀者去認定，來決定它是否會被接受，而不用躭心讀者的判斷力。

顯而易見的，這樣的「辯論」只是一道必要的程序。《心鎖》在第二年（一九六三）年初被禁，郭良蕙的文協會籍不久也被註銷。某些人做了打手，手上的血跡斑斑，還得意洋洋。諷刺的是，有人因此在雜誌上公開宣布退出文協，間接聲援她，墨人就是一例。雖然他沒公開他的理由，但是他私下告訴我他對這種粗糙的做法表達了一個真正文學作家的不滿。更反諷的是，救國團選出了最受青年歡迎的女作家卻正是郭良蕙。嗣汾告訴我，救國團蔣主任召見嘉勉，她送給主任的正是那本被禁的《心鎖》。郭良蕙說：「他說沒事。」原來「多少罪行，假汝之名而行！」其實，也不只這件事。《野風》也經歷過。

此後郭良蕙的書卻越出越多，文名更甚。嚮往文學的心，鎖得住嗎？前年潘壘自港返台，我拉著他一起參加《文訊》一年一度的重陽文友餐聚，談起此事，他說：「那次我當面把王藍罵慘了，莫名其妙！」

這些都已經是「老太太的棉被」：蓋有年矣！我們這群人與郭良蕙也一直保持著交往。但是，無可否認的，隨著工作與年齡的增加，彼此見面的機會少了。有一次受人之託，有人要在上海出一本「世界華文女作家極短篇小說選集」，要我代為徵求包括郭良蕙、張曉風等幾位女作家的同意，看在我老臉的份上，她們都破格同意，而在電話中談了些時間。郭良蕙說照片要去她海外的寓所去找，然後她從加州給我寄了過來，一如往日，信守承諾。她說過幾天《文訊》的重陽文會她可能會在台，問我要不要去，我們約了在餐聚的現場見面。

我去得很晚，正在找請早去的人代留的位子的時候，有一位穿著黑色套裝的女士迎面走了過來，向我伸出手來。

我不認識她。因為那是一位容光煥發的高䠷年輕女生。我不認識這樣年輕的女作家。但是我也不得不很快的，禮貌的伸出手來，雖然我不好意思說我不認識你。

約莫有幾秒鐘，我尷尬的楞在那裡，端詳著——難道？

「怎麼，不認識我啦？」她笑著說。

沒等她說完，我完全從猶疑中認出了她。因為她講話的聲音、語氣告訴了我。我立刻把伸出的手緊緊地握住她。

「郭良蕙！」我幾乎叫了起來。「我只能從你的聲音裡來辨認你是誰。」我笑著而又笑著：「因為——」

「因為你把多年的老朋友都忘了，」她笑著說：「師範，我們一個禮拜以前還通過電話，你真令人寒心。」她故意在「寒心」兩字上加重了語態。

「我真的——哎，」我認真的說：「我在電話裡聽到的是我熟悉的郭良蕙。但是，在我面前的這個人，這樣年輕，我不敢亂認。因為我不認識這樣年輕的女生。」

鄧禹平：思想飛上了雲天

筆名夏荻、雨萍，籍貫四川三台，一九二五年生，一九八五年辭世，享年六十歲。四川省立藝專畢業，東北大學中文系肄業。曾任中央電影公司編導，也從事繪畫設計、詩詞創作，為〈高山青〉作詞者。曾主編《綠藝世界》、《作品》、《中學生文藝》、《中央影劇》等刊物。曾獲全國第一屆文藝獎冠軍、文復會詩詞榮譽獎、行政院新聞局作詞金鼎獎、國家文藝詩歌獎。著有詩集《藍色小夜曲》、《我存在因為歌因為愛》、《大陸之戀》等。

《野風》出版了十二期，也就是半年的時候，我們決定要休刊一個月。因為銷量直線上升，稿件如雪片飛來，把我們幾個兼職的小公務員弄得非常忙亂，必須檢討定出一套機制出來，盡量分工合作。而更重要的是，《野風》往何處去的大原則、大目標雖然是既定的，但是要怎麼樣做，才能得到更好、更有內容、更能促進讀者充實他們內在的靈性，更是我們必須努力的方向。所以，我們在一九五一年四月十六日出版的第十二期內刊出啟事，向讀者報告休刊一個月的目的與檢討的方向，提出讀者意見調查等等的措施，並且明白的預告將在當年的六月一日，出版第十三期，屆時會把讀者的意見與我們今後的做法一併向讀者與作者提出檢討報告。而在這一個月裡，我們繼續一如往日一樣的收受稿件，接受訂閱，擴大舉辦徵文，以期更上層樓，使《野風》的讀者得到更多的東西。

果然，這短暫的休息是正確的。

在這樣的努力下，除了訂戶增加很快，一般銷售量也迅速增加以外，最令人興奮的是：高品質的作品越來越多，使我們愛不釋手，應接不暇。編者們內心的喜悅不言可喻，而把勞累、疲倦、睡眠不足等等又都忘記了。

我們一下子接到禹平寄來的好幾首短詩，深深的被這幾首短詩所吸引：如此簡鍊！如此平凡！如此生動！如此意境！他居然能從數以萬計的中國文字中，使用只要略識之無的人都可以認識，看懂的，最習見慣用的這些單字，用他特具的靈感之線，把它們輕輕的，看來似乎毫不費力的組織在一起，短短的一串，一串，又一串，然後，在最後一小串的下端，又輕輕的，毫不費力的打了一個小結。

完成了。就這樣完成了。他完成了許多詩人，不，許多人們希望表達，而無法簡單、明瞭表達的看法、意境。但是，他能夠。只有他才能。

而且，牢牢的嵌入你的內心。

因此，在他首次寄給《野風》的幾首詩裡，我們沒有能力去挑出它們中任何一首可以否決。所以，我們小休後當年六月一日出版的第十三期中先刊出他兩首詩，並且在接下來的第十四、十五、十六期裡，連續不斷的刊出他第一次寄給我們的其他好幾首詩，而獲得廣大讀者們熱烈的迴響。現在大家家喻戶曉的是他稍後的傑作〈高山青〉。而當時被包括我跟潘壘兩人在內都讚賞的是他的「言語是銀、沉默是金」的名句。這是說，用字的簡鍊不說，那種哲理的透澈，譬喻的恰當，竟然可以用世俗的財富來轉釋，也更是前所未見：比財富更好的東西。

以後他繼續寫出的許多名詩——被大家一直在傳誦著的那些，特別是對愛情——純真、專一的愛情的執著不說，我只挑他當時被我們選刊在《野風》第十四期的〈青年〉這一首來給大家看看：我阿諛了嗎？

思想飛上了雲天，
而兩腳卻陷在地面。
為了維護真理的一瞬間，
寧願扔掉自己幸福底一百年！

這首詩發表的時間是一九五一年六月十六日。是距今約近六十年的「白話」作品。他只在歌頌愛情上才獨特嗎？那麼〈沉默是金〉與〈青年〉又作何解？前些日子，也有自以為自己是當代詩壇祭酒的人說，鄧禹平的詩「有它的優點，不過……」，至少我這個外行人並不苟同。詩，跟任何文學作品一樣，不是寫不出這樣好作品的人有資格批評的。以我這樣一個愛好寫小說的人來講，這是在描寫一個年輕人的時候，必須抓住的基本觀察。理想與現實間的距離與脫節，集盲從與熱情等年輕人專屬的特質，用短短的四個短句輕輕的攤在讀者面前，由你們自己去讀出它的內涵。

而他寫這首詩時，是他只有二十幾歲的時候。六十年前的二十幾歲。而前兩句更確定是間接經驗，要麼是已歷盡滄桑，但是用後兩句來為主題作解。這就是最好的作品，除了他，沒人能有這樣的氣魄。

很快的我們成了非常好的朋友。或者說，他是我欽佩的作家。他不斷為我們寫出傳誦永久的好詩。我們也為他——為廣大愛好他作品的讀者們出版了他的第一本詩集《藍色小夜曲》。這本書裡蒐集了他已發表的與尚未發表的詩作四十幾首，在一九五一年八月上旬出版。很快的紙貴洛陽，震撼文壇。說震撼，因為在短短的幾個月間，大家都搶著買《藍色小夜曲》，何況這本詩集裡還有迄那時為止他尚未發表的好些詩篇，而這些前未發表過的詩作，不論在實質上或規矩上，都不能再在《野風》或其他任何報刊刊出，除非是註明「轉載」。但是「轉載」這兩個字很沉重，不容易擔起來。

他的作品如此的受到喜愛，我認為這跟他為人的品格是一致的。他詩作的字體（那時都是自己親筆一個字一個字寫的，沒有電腦替代）工整，幾乎每個字都像鉛印一樣，一絲不苟。尤其是他的署名。鄧禹平。方方整整，像粗體鉛印字。字如其人，他為人也是方方正正。進退言談，都是中規中矩，朋友間相處，他從不主動先與對方開玩笑，即使後來我們大家都熟了，還是這樣。他一直保持微笑。我從未見過他在任何場合對任何人有過不屑或怒目以對的時候，即使某些時候他碰到不愉快的場面或是自己不快樂的時候。他永遠熱誠待人，從不去想對方對他是否友善，即使後來我們熟悉到經常在一起幾個人喝咖啡，談文學，談彼此的作品，仍沒見過他即使是些微的生氣也沒有過。

《野風》要舉辦文會，有一些文藝性的餘興節目，其中計畫有古典音樂的演唱。因為有幾次在音樂會上見到他們夫婦，所以知道他也喜愛古典音樂，就跟他商量：有沒有不要花錢的辦法可以請到好手幫忙。因為《野風》初創，心有餘而力不足。我告訴他，金文的女兒要表演鋼琴演奏，不但不要花錢，而且金文還要負擔鋼琴搬運費。當然會完全利用已經搬來的鋼琴，所以另外我也安排了另一位小朋友與林橋教授的鋼琴演奏，以及甘長波教授的小提琴獨奏。我說我認識人的能力到此為止，但是我非常希望能有一位女高音來獨唱一兩曲較為平易近人的名曲，中外歌曲皆可，但能雅俗共賞。禹平很快接著我的話微笑著對我說：「你就明白說，就是衝著我來的不就行了？——你明知李義珍是我的親戚。」

「我話沒講完，你先搶著說怎麼怪我？」我認真的說：「那次我們在中山堂音樂會你給我介紹你的太太時，也只是聽你提到一下而已，我真的沒那麼厲害。——天助我也，你幫個忙吧。」

原來那次音樂會上女高音獨唱的李義珍，就是他的大姨：他太太的姊姊，是當時名女高音江心美的高足。

真的，我非常感謝他。因為那次文會，他幫了大忙，李義珍的〈玫瑰三願〉使全場掌聲不絕，安可連連。而他自己上台致詞時，又特別為《野風》捧場，向大家強調：「你們看現在還有那一本雜誌是永遠不變風格，不但不減篇幅反而增加篇幅，永不脫期的？」在大家不停的掌聲中，有一個人叫了起來：「有！公家辦的雜誌」時，對他的掌聲就更多更響了。

後來，禹平很快的被中影公司延攬擔任編導。他跟潘壘先後進入中影，都在編導組工作，各得其所，各展所長。〈高山青〉就是在那個伯樂識馬的年代被發掘，被植入為電影的主題曲的歌詞，被肯定，被全民賞識。那時中影公司在重慶南路，我的辦公室在漢口街，雖然各忙各的，但是我們三個人總有時間——中午午休的一兩個鐘點裡，在博愛路武昌街口的「美而廉」喝咖啡，聊文學作品，聊彼此的作品，以及彼此工作上的大小事情。

他的作品更多了，更好了，他得了很多榮譽。我們更歡愉。但是，天下沒有不散的筵席。我因工作的關係，調往中部一段時間，只有在回台北時才能與他們聚敘。有一次回到台北與禹平見面的時候，他沒有笑容。我覺得不對勁，跟潘壘打聽。

「不知道為什麼，——他最近不大跟人多講話。」

下次回台北的時候，再與禹平約聚。我懷疑他家裡有什麼事。

「我們談寫作吧，」他說：「不要老談我。你又是長篇，又翻譯心理學，到底你還有什麼沒讓我知道的祕密武器？」

話題岔開了。就是不談私事。「太認真，太老實，」散會後，我跟潘壘同走了一小段路，他說：「太認真。」

我們的猜想不知道是對還是錯。總而言之，我們以後再也沒有看到他跟他的太太與那個小女兒在一起過。我們也不敢問。只是在以後出現的他的詩篇裡，我們不斷的看到他對愛情的純化與執著。但從未聽說他交女朋友之類的「豔聞」。沒有人見過他再跟任何一個女孩子在一起，也沒聽說過。從來沒有。

禹平在文學上的成就愈來愈高，也當仁不讓的得了許多獎。大家都很高興。但是，我們見面的時間少了，他在忙他的許多事，而我自己也有時在台灣，有時不在台灣，奔波俗務。有一次剛回到台灣，就有人告訴我禹平中風的消息。我一下子呆住了。怎麼可能？我最近一次見他還是好好的，我馬上去榮總看他，他已幸運的渡過危險，但有了一些後遺症。他高興的握住我的手，努力的微笑說：

「小意思，」他說：「老天爺很照顧我，要我多一點休息時間。」

經過一段時間的治療，最新的藥物與療程，他終於逐漸康復，但總是不能跟以前比。

「人總是要老的，」他反而樂觀地說：「總不能跟年輕時一樣。」他反過來安慰我。真的，我們都長大了。長得更大了——是老了嗎？

他住進了「頤苑」，那個我曾好幾次參觀過這樣的安養機構之一。我對像「頤苑」這樣良好環境的地方很喜歡。我曾告訴我的孩子們說，如果有一天我必須要別人照顧我的時候，這種地方是我最好的選擇。

我去過好幾次。雖然舉止上略較遲緩，但是他仍會熱切地接待老朋友的心情無人可比。我想憑他這樣的執著，他應該可以漸漸完全復原。但是他還是先走了，留下我們這些在年輕時就相知的朋友，以及他寫下的許許多多令人讚賞的詩作先走了。但是我想起他的時候，很自然的就想起他那可愛的小女孩：現在多大了？還記得她那個給大家多少心靈上慰藉的爸爸跟他的作品嗎？她知道她那人好詩好，那個永遠低調自持，從不傷害他最心愛的女孩，而一直在一輩子的詩作裡都在執著地愛著他那永不能使他忘懷的愛人，永遠不再愛其他女孩子的爸爸嗎？或者，她早已知道。她有這樣一個最愛她媽媽的爸爸。

還有人不知道鄧禹平嗎？那麼這則新聞沒人不知道吧？

二〇〇七年十月二十四日，西昌太空中心發射了奔月的嫦娥一號衛星。除了它本身的探月任務外，也會在離地球三十八萬公里以外的太空中，播放包括鄧禹平的〈高山青〉在內的三十首歌曲。

沒有人能比得上他。

他是第一個作品在太空中發聲的人。即使有一天，還有別人的作品也被送上太空，但以我們這群朋友而言，他卻是第一個，即使有一天他不是唯一的。

作品是思想的結晶。他的思想飛上了雲天。

只有他，真正的飛上了雲天。

劉非烈：生是長期對死的反抗

本名劉熹，籍貫廣東中山，一九二三年生，一九四八年隨軍來台，一九五八年辭世，時年三十五歲。初中畢業。來台之前熱中於話劇的演出，也曾擔任戰地文宣工作；來台後潛心研讀名家作品，並專事寫作。一九五一年擔任中廣特約編劇，並開始創作短篇小說，次年任中華文藝函授學校教授，病逝前曾任職於台糖公司。著有小說《喇叭手》、《劉非烈選集》；劇本《千里姻緣》；合集《劉非烈選集》等。

《野風》在十二期後小休一個月期間，我們開始豐收。除了鄧禹平精采的詩作以外，我們也收到了劉非烈的小說〈拳師的悲哀〉。

那時收聽廣播節目的人，會在中廣的頻道收聽到由一個叫劉非烈的所編的廣播劇。但是沒人知道他會寫小說，因為沒在報刊上看過他的作品，直到我們在一九五一年六月初第一次收到這篇小說。

我們覺得他的小說有顯著的戲劇性，對話詼諧，自我嘲諷的張力很強。他的用字簡鍊，有愛倫坡的味道。《野風》出版了十幾期，還沒有看到過這樣別具風格的那種吸引力的小說。於是我們抽下了原已預定刊出的稿件，先把〈拳師的悲哀〉排進一九五一年七月一日的第十五期《野風》出版。

幾乎是隨即，我們很快的接到讀者們的良好反應，並且也幾乎是同時，我們又接到他寄來的好幾篇小說以及一篇散文。以後熟了，才知道他早已寫好或準備好了好幾篇的小說與題材，只是因為不知此路是否有路障，所以投石問路。他說他聽別人說《野風》沒有門戶之見，但是做事還是弄清楚較好。後來〈拳師的悲哀〉給了他證明，於是乾脆來個傾巢而出，既省郵費，又可見縫插針。

這種稿海戰術對《野風》來說是滿管用的。因為我們只看稿不看人，同時也被他見縫插針的戰術所攻陷，因為即將出版的第十七期裡，還可以放進一篇散文，他的〈病囈〉就正好乘虛而入。然後十八、十九兩期，又連續的刊出了他的〈靈魂的癌〉、〈亡魂淚〉，而變成劉非烈天下。

這樣密集的出現在《野風》的文章，一方面令人妒忌，一方面令人起疑：《野風》是否真的只看文章不看人，很多人倒要看看這個人是何方神聖。但是這個疑團很快的被事實所破解：讀過他小說的人都被它強烈的魔法所吸引：幽默、自我嘲弄，深含哲理的輕描淡寫，以及美妙轉折的懸疑，終至對主題的詮釋，以及多半在人生終極意義上的感知等等，在有限的幾千個字裡，給讀者在看完後留下思索的空間。

《野風》文會時，我們按圖索驥的請已簽到的每一位作者上台來亮相，讓大家認識。可是叫到他的名字時，卻連叫三次都沒人上來。後來熟識了，問他為什麼師法彼得：彼得三次不認主，他三次不承認自己是誰而不上來。

「那麼多人講話，不少我一個。」他笑著說：「我樂得坐在下面，一面看上台的人是誰，一面坐在那裡以靜制動，多吃一點免費的點心。」

這個年頭，不願意出人頭地的，還真的有人。

然後知道他那時沒有工作。原來在一家茶葉批發公司任職，但是老闆不做了，不過同意他暫時住在那裡。他給我泡了一杯雨前，我們一談就是幾個鐘點，他爽朗的笑聲幾乎沒有斷過，雖然如果我是他，根本笑不出來。而這些表現在紙上的，便是苦中作樂，沒有惡意的反諷，以及「明天太陽又昇起」的，含淚的微笑。

從《野風》第十五期開始，一直到我們離開《野風》時的第四十期為止，前後二十多期裡，我們刊出了他八篇小說，一篇散文。他的文章在《野風》刊出的頻率不低，平均每三期中就有他的一篇小說。當然，在移交田湜主持後，他的小說出現的頻率也是旗鼓相當。更厲害的是，他居然同時也在為中廣不斷的推出一齣又一齣的廣播劇，而且集集精采。

除了天才，他還是超人。超過常人的人：真是所謂下筆如有神助，倚馬萬言。

一九五一年三月，我參加了文協舉辦的小說創作研究組。到九月我快結業前，寫了一篇小說刊出。他馬上跑來找我。

「哎，你這個研究組可以插班嗎？」他說：「幫我問問，我也想參加。——產品不一樣了喔。」

我去問趙老師。「你們是經過考試篩選進來的，我們這裡不是有錢就好的學店。」友培先生笑著說：「我聽過他的廣播劇，滿不錯的。再說，你們再個把月就結業了，叫他參加第二期的考試吧。」我轉告他，他聳聳肩膀：「那只好等下一期了。——什麼時候？」我說我也不知道，是因為你問了，友培先生才這樣告訴我。

兩年後文協辦了第二期小說研究組。他去應試被甄選入學。因為趙老師囑我在第二期的教務方面多負點責任，所以在第二期的研究期中我每天都有機會與非烈見面，談小說寫作的時間更多。

他的小說從此寫得更好。當然廣播劇也是。

有一次正在家吃晚飯，他來了，我招呼他一起吃飯。那晚我媽做了一碟搶蝦，問他敢不敢吃。他先猶豫了一下，後來鼓起勇氣把一只酒醉後，還有點動的活蝦，終於放進嘴裡。當他終於吃下去以後，他叫了起來：

「真鮮！下次做搶蝦，一定要找我。」他開心地說。

這是一句很普通的客套話，沒有人會認真。而且，不久我也調去了中部，而只有假日才回台北，而且也不是每個假日都能回台北的家。但是，有時候回來時跟他相敘，他也偶然會提到這件事。有時我回到家裡，也會在跟媽媽閒談時，談到他讚美媽媽做搶蝦的事。媽說那就找他來我家，我再做給他吃。但是陰錯陽差，我總是沒把這事認真過：因為大家都忙。

一九五七年一月，田湜主持下的野風出版社為他出了他的第一本短篇小說集《喇叭手》，但因他在中華函校執教，而由中華文藝月刊社發行。那是《野風》繼鄧禹平的《藍色小夜曲》詩集後再獲好評的劉非烈第一本，也是他最後一本的小說集（他另有一個劇本《曲終夢回》由中國新聞出版公司發行），因為後來他就被病魔拖住了。

後來我知道他沒工作以後，生活也有點拮据。他雖在中華文藝函授學校批改作業，但所得有限，雖然他從不跟我們訴苦。那時辛魚正在負責蔗農服務的工作，我把他的情形告訴辛魚，辛魚說他正好需要一位臨時人員做文化服務的工作，於是非烈就應邀南下中部，為台糖編寫一個四幕的舞台劇。可是他開始腳痛，而在忍痛完成那個四幕劇以後只好回到台北就醫。

他的腳痛只是山雨欲來風滿樓。然後，他住進了台大醫院。

知道他住進台大，我趕快去看他。那天他的精神特別好。我們談了很多。「難得你能在這裡陪我聊這麼久，」他笑著說：「我一直記得在你家吃的搶蝦。真鮮。」他是真的喜歡吃搶蝦。於是，下個禮拜六，我自己做了一小罐搶蝦，騎腳踏車送去醫院。

「是搶蝦！」他興奮了起來：「這幾天肚子有點脹，就不太想吃東西。——可是這個好，我要吃！」

我給他夾進嘴。一隻，一隻，再一隻。慢慢的，他把搶蝦全部吃完。

「我不謝你。」他笑著說：「我不謝你。——但是，請代我謝謝伯母。」

我笑不出來。因為我知道他的媽媽在香港，也沒什麼好日子在過。我們不敢告訴他的媽媽，也盡量不在他面前提到他的媽媽。所以，我也不重複他的話。因為就我們所知，他在台這幾年，自己雖然很拮据，但總是設法把僅有微薄的所得，盡量輾轉匯給他在香港的媽媽。

所以我的回答很簡單。

「不客氣。我會告訴她。」

下一個禮拜六，媽做了一只鴿子湯，我照樣騎車給他送去。但是，這一次，他不想吃，也真的吃不下了。我們還是聊天，但是我說的多，他說的少。他的骨癌終於向上蔓延，入侵胸前，腦部。

一九五八年六月，非烈走了。那時他只有三十六歲，但他留下了數以百計的廣播劇與小說。人生自古誰無死，留取丹心照汗青。他是我們這群朋友中文思最敏捷，倚馬萬言，而又篇篇精采的多產作家，他是為寫作而生，寫到死亡。

小說研究組的同學們與中廣廣播劇組的同仁們為他辦了後事。我擔任治喪委員會的總幹事。這個職務的主要工作，就是引導前來給他行禮的人去瞻仰遺容，有個別的，也有多人的。一次，兩次，無數次。每次繞靈一周時，我就看到他瘦削的臉龐，微凸的額角，以及不屈服的兩鬢。他已把整個的生命放進了文學。

我們送他去六張犁公墓。墓碑很容易寫。寫得非常恰當。

「作家劉非烈之墓」。

小說研究組的同學經常聚會。一年有好幾次。其中一次，是選在清明節前。我們盡量參加，那些年每年都去看他。十週年的時候，大家為他重修墓地。

但是天下無不散的筵席。大家漸漸的增加了牽掛，增加了年紀，集體前往已有心無力。我翻出他給《野風》的作品中唯一的一篇散文〈病囈〉，其中有一段，他這樣寫著：

健康的你說：生是長期的對死的反抗。病中的他說：死是剎那的對生的結束。

他來這個世界的時間很短。他原本健康，後來病倒。他在〈病囈〉中如此認知，好像預感自己會來去匆匆，所以趕快寫出任何人在這段時間裡沒有辦法做到的，這麼多的好文章。他沒白來了這個世界一次。在他留給愛好文學大眾的遺產裡，最著名的是那本以《喇叭手》為書名的短篇小說集，而被一再翻印。

因為他的小說被大家喜愛。

也因為沒有人會來主張版權。

胡楚卿：把永恆換取一瞬

筆名楚卿，籍貫湖南龍山，一九二一年生，一九四八年來台，一九九四年病逝，享年七十一歲。湖北師範學院教育學系畢業。曾任大專、中學教師三十年，高雄《民眾日報》副刊主編。曾獲日本奧林匹克小說獎、國軍新文藝小說銀像獎、高雄市文藝獎。來台初期以詩人身分出現於文壇，後轉向小說創作。著有詩集《生之謳歌》、《永恒之戀》；散文《懷夢草》；小說《長河》《楚卿小說選》、《天涯夢》、《迴旋路》、《不是春天》、《萬花入夢》、《雨夜流光》、《變奏曲》、《都緣在山中》、《彩色的漩渦》、《八面山高酉水長》等。

《野風》從十三期起再出發後，各方好手都來給我們加油。到了六月底，我們收到了一首長詩〈酉水之戀〉。到我手上時，辛魚已經在上面簽註了意見：「極佳。不簡單。」

在辛魚的前導下，我非常仔細的看了這首長詩。但是不看則已，一看之下，就吸引了我的神思，拋下預定處理其他工作的計畫與時間，而從頭到尾全部看完。不但如此，我又重複的看了一遍。然後，再把兩次看過以後覺得特別喜歡的部分，再讀一次。因為我被它的氣勢、情調，以及諸多感人的特寫所吸引，讀出了自己同感但是沒能出之於筆墨的東西：因為我自己喜歡古典音樂，也是屬於不願意向現實低頭的一個，而〈酉水之戀〉就像從頭到尾完整的聽完一整套組曲似的，一種不屈的意志，一種淡淡的哀愁，一種啟示整個生之意義的豐富的生命力都在這裡面靜靜的發酵，使我產生了異常的共鳴。然後，在其他幾位審稿者的共同保證下，就在一九五一年八月一日出版的《野風》第十七期中，我們以顯著的花框標題，連續四整頁，每頁三批的地位，給予這一位名不見經傳，更從未謀面的新作家刊出他的第一首長詩。

他就是楚卿。胡楚卿。

從這篇開始，他繼續給《野風》投稿，他陸續寄來了〈為你寫的詩篇〉、〈洞庭湖濱〉、〈我的思念呀在家鄉〉等等一篇比一篇精采的長詩，以及其他的詩篇與散文，並且在我們主持《野風》的期間，陸續在二十一、二十二、二十五、三十一、三十六期的《野風》刊出，以及其他我們任內來不及刊出的，我們也都移交給田湜自四十一期以後陸續刊出。

我們尚未謀面，但是在《野風》的立場，他的作品必須與大家見面。因為《野風》是所有廣大讀者的《野風》，《野風》的版面，就是提供給所有真正有才華的人，來與大家分享、提升。因為從他的詩作裡，我們看到了他的理想，也看到了他的哀愁。但是，他的詩作表達了他的怨而不怒，憂而不傷，面對現實的勇氣。這正是《野風》選擇刊出作品的唯一方向。我一直記得他在那首〈我的思念呀在家鄉〉長詩裡的這幾句：

……

我愛家鄉的一切，
更愛八月中的擣衣聲，
還有那一雙雙的大眼睛。
像水樣清，
像水樣深，
像水樣殷懃。
有幾次我跳到那深沉的河裡，
我願意沉淪！把永恆換取一瞬。
如今啊，
那一瞬也變成了永恆。

……

那不是我這種寫小說的人，可以用最少的文字，運用音律的悸動，充分掌握最習見的詞彙，以及深厚的文學素養，譜出令人震撼的音樂。像禹平一樣，那種「言語是銀、沉默是金」一樣的，無可替代的名句只有他們才能。歌頌故鄉，不必然一定要什麼地方才值得歌頌。人們無法選擇出生何處，就像無法選擇父母一樣，故鄉就是故鄉。什麼樣的故鄉都可以，衹要它值得記憶。

見面認識他的時候，他在台北市桂林路一家私立的三極無線電職業學校當國文教員。那時我住在萬華大理街台糖宿舍，離他那裡不遠。有空也去他住在學校裡一間單身臥室兼書房的小房間裡促膝而談。

「我是蘇格拉底。」他一邊笑，一邊為我倒開水：「蘇格拉底說過，我的客廳雖小，但足夠容納真正的朋友。」

「誰是你真正的朋友？」我一面接下杯子，一面說：「別臭美了。」

有時他「真正的朋友」又來了一兩個，也都擠在他的床沿上談笑。

沒有好久，他離開台北，去大甲中學，當然還是教國文。之後他又轉到花蓮師範，半年以後又轉回大甲中學。有時特意轉道台北，跟在台北的文友們聚敘。他寫得更多了，先是散文，然後小說、翻譯、評論。在秋冬之季，他經常穿著一件質料雖然很好，但是終久已經歷盡滄桑的藏青色嗶嘰大衣，以及因為不常擦油而露白的皮鞋，亂蓬蓬的頭髮下蓋著他那無限毅力的臉龐，緊閉著的嘴唇，顯示他不論對生活或是文學的永不沉落的信念。

「你這本書不是二十幾萬字可以涵蓋的，」他在看完我送給他的《沒有走完的路》以後來信說：「是暢銷書，沒錯。誰不知道？——可是你一定要重寫。把那些意猶未盡的通統寫出來，——我認為你要一百萬字才能充分表達。」

我回信告訴他：「等你做了有錢的出版商大老闆時我就重寫。」我說：「同時你要準備賠錢。」

換句話說，他是個完美主義者。文學的完美主義者，以及其他任何事情的完美主義者。我們為他出版了第一本書：《生之謳歌》詩集。那時他已轉到苗栗中學任教。他說：「人生中有兩件事要做，一是真實地愛他人和讓他人真實的愛，一是攻擊醜惡和不怕醜惡的攻擊，因為每件事情的真理只有一個。在撕毀黑暗之後，還要舉起光明。於是我寫下了《生之謳歌》。」他並且在獻詞裡，引用了泰戈爾的話：「生命因了世界的要求，得到了資產；因為愛的要求，得到它的價值。」於是他說：

「獻給你——一切在戰著、鬥著的人們啊，我不是在咀嚼詩句，而是為了參加你們的行列。」

這就是楚卿。他換了不少工作，然後他去了南部教書。再過一陣，他轉移陣地到台中。正好那次我公出台中，辦完公事，我就去看他。那時他已結婚，生了一個孩子。他對狹小的空間因為弄得亂七八糟幾乎使我無地容身而感到抱歉，我則因為乘公出之便的臨時造訪造成他的尷尬而向他們致歉。

「現實與理想是不一樣的，」他只好笑著說：「寫文章是一回事。有時候必須面對現實。」

「足夠容納真正的朋友就夠了。」

我們都大笑起來。這離他第一次給《野風》投稿已經很多年了。在這前後，我們也經常通信，彼此一寫就是好幾張稿紙，並且對彼此近作中的一些觀念與手法都相互不保留的批評與建議。但是，大家都因現實的環境而大大的減低了彼此見面的機會，儘管不時的會在各種場合下聽到對方的消息，工作上的，生活上的，以及寫作上的。

他在各報刊發表了數不清的作品。詩，除了《生之謳歌》以外，沒再見到他的詩作了。他寫了好幾部長篇，更多的短篇小說。作為一個湖南人，一個教育系出身的作家，評註離騷不作第二人選，也沒有比他更適當的人選。我被他取之不盡，用之不竭的精力——包括時間與體力——與力量所折服。這個我們年輕時就交往的朋友，他真的做到了「一切在戰鬥著的人們啊，我參加了你們的行列」。雖然他寫作的速度比不上劉非烈，但是非烈幾乎是專業，而他還要教書。再說，非烈一直是單身，他可是已成家了。成家後的人與單身的人是不能比的。如果扣除這些因素，他作品的產量與速度足以與非烈媲美。

當然比數量不具任何意義。但仍是一個指標。所以，我常常在想：是不是他們的步伐走得太快太急，而太累了？他終於也精疲力盡的倒下去了。有一天，我從朋友處突然聽到他逝世的消息。

這太突然。我從未想到過。

我沒有能參加他的喪禮。因為那時我正率團在日本、韓國企業界訪問的行程中。我是回來後才知道的。

我想到初中時看過的一部電影，好像是茱蒂・嘉蘭主演的《綠野仙蹤》。她在這裡面唱了一首主題歌，曲名是〈One Day When We Were Young〉。那是一首極動聽的歌。是的，當我們年輕的時候。

郭楓：永遠的非主流文學工作者

本名郭少鳴，籍貫江蘇徐州，一九三三年生。曾任高中教師及多種職業，教書之外，與同好創辦《筆匯》、《文季》、《新地》等刊物，經營新地出版社，成立新地文學基金會。二〇〇七年將《新地文學》復刊。著有論述《知識分子的覺醒》、《民族文學論文集》；詩集《郭楓詩選》、《第一次信仰》、《海之歌》、《諦聽》、《攬翠樓新詩》；散文《早春花束》、《九月的眸光》、《老家的樹》、《永恆的島》、《山與谷》、《尋求一窗燈火》、《郭楓散文選》、《空山鳥語》等。

《野風》文會早已決定在一九五一年九月二十三日舉行。所有文會的餘興節目包括鋼琴獨奏、女高音獨唱、小提琴獨奏、滑稽相聲、踢躂舞等雅俗共賞的節目都已洽定，唯獨計畫中的詩歌朗誦，迄未定案。我們希望的是：不長不短，發音清晰、內涵深遠，但是文字簡樸實在。《野風》已有很多好詩發表，但要符合朗誦的條件，並不是都能達到。於是我們決定，等到九月中旬，如果還沒有更好的選擇，就只好在已經發表的許多詩作中去找。因為我們的原則是，一定要在《野風》發表過的，這樣才更有意義。

文會的日期一天天逼近，我們的壓力愈來愈大。於是先請預定的朗誦人趙希曾先生把我們選出的《野風》已發表過的幾首詩作帶回去試誦，如果真的沒有詩作進來，就只好在那裡面找一首。

到了九月初，我們在一大堆的來稿中收到了來自台南一中的一個高中學生的稿件。我們一如往昔，經過大家仔細的看過，認為以真正北方的農村，原野以及它的子民來謳歌的詩作，這是第一篇。不，有過投稿，但是沒有壓倒性的力量，所以迄今尚未選出。這篇東西不一樣。連句法、字數都是北方味：簡短、有力、不重複、十足北方人的性格。而指標又是那樣堅定、有力，斬釘截鐵的清晰：粗獷中有細膩的肯定。

這是我們尋尋覓覓許久的東西：《野風》要立即刊出，也要立即先抄一份送給趙希曾。趙希曾說：「這個好。上口容易。保證大家不但聽懂，而且壓場。」所謂壓場，就是在朗誦時不會有人因為不想聽或無趣而在下面竊竊私語，而影響效果。

我們立即撤下部分已經發排的稿件，把〈北方頌〉發排，立即編入預定九月十六日出版的第二十期《野風》，題目與作者都用花框改為橫排，每頁三批，整整三頁，在詩作欄首頁刊出。因為當時十九期已印就待發，只能編入第二十期。

而我們文會的日期就在二十期出版後的第七天。剛剛趕上！

這首詩，就是郭楓的〈北方頌〉。是我們第一次，也是郭楓的作品第一次在《野風》上與大家見面。那時他是十八歲，也是當時《野風》最年輕的作者，不知道那時他有沒有在其他地方發表過作品。

我們在會場的入口設置了一個各期剩餘《野風》及當期《野風》的無人管理書桌，並在旁註明：當期八折每本二元四角，過期的對折每本一元五角，購買者請自行取書，並把書款自己投入旁邊的開口紙盒內。這樣一方面方便讀者補他缺少的《野風》，一方面也可以八折的價格購買當期《野風》，同時也可以在聆聽朗誦〈北方頌〉時予以對照。另一方面，我們也告知郭楓此事，希望他能參加。

他不能來。他的回信說，因為上課的關係，並且謝謝我們的安排。

文會朗誦〈北方頌〉時，全場真的停止了說話，而使朗誦的效果達到極點。這是各方面條件都配合得宜的關係，最主要的，當然是詩作本身的鏗鏘有力，以及朗誦者控場的力量。趙希曾是北平人，北京大學文學院畢業的高材生，本身具有文學素養，加上字正腔圓，而大獲成功。朗誦完畢，台下就響起一片掌聲，歷久不息。

這是趙希曾的魔力。但更是郭楓的魔力。

在這以後，我們又接到他的來稿，但是此後的來稿，除了幾首歌唱小集以外，幾乎都是散文：使我們也同樣喜歡的散文。我們也繼續的在《野風》上刊出。

他終於有機會來台北一次，我們見面了，談得非常開心，而開始互通音信。然後，我們開始在各報刊讀到他更多的作品。

秋天將盡的一個假日，他再來台北與我們見面。他說他想把他的一些已發表與尚未發表的散文，出一本散文集。我非常高興，全力支持他的想法，提供出版社名義，幫他設計封面。楚卿則幫他在苗栗找到合適的印刷廠，幫他發排、校對，「一手包辦擔起整個的操勞」。我則在發行上略盡棉薄，而使他的第一本作品，散文集《早春花束》在一九五三年元旦出版。

就像楚卿的《生之謳歌》一樣，《早春花束》出版後獲得非常好的反應。已在寫作的人紛紛注意這個新人，在學的學生更是羨慕。一個十八歲的台南一中的在學學生，竟然寫出這樣好的文章，又出了專集，是當時前所未有的現象。

這是一個有才華，肯下功夫——至少在文學的道路上努力以赴的人應有的報償。何況，推動他寫出這些好文章的後面，還有一股更大的力量在支持他。

因為我們終於發現了祕密：他在後記裡，除了先感謝我們這些朋友的幫忙以外，最後一行是：

> 把這本小書獻給×××小姐，用這束純潔的早春花束，紀念我倆無瑕的愛情的第三個春天。

以後的歲月裡，他發揮了他更多的才能，寫小說，寫論評，辦雜誌，召開文學國際會議，聲譽日隆。一九五四年他創辦《新地文學》，然後《文季》、《新風》等刊物與出版社，屢仆屢起。有一次，我在《台灣時報》上看到他對某一位作家的作品，作連載十一天的詳細評論，更使我大開眼界。他的執著與忠於文學的態度更使我佩服。他說他是個永遠的非主流文學工作者。沒有文學，就不能生活。他生大病，不忘記文學。他病癒了，更不放棄文學。文學不是他的生命，而是比他的生命更重要。

最近，在他超過七十高齡的今天，他的《新地文學》再以季刊的形態再度出發。我佩服他的精神與氣魄，祝福他馬到成功，日益發揚光大。此外，作為一個從年輕時代開始就相識的朋友，跟他的好朋友李魁賢一樣，希望他在奔波於《新地文學》之餘，能把他一心一意要完成的長篇鉅製，早日完成，以便他的讀者很快的看到他的未老寶刀揮出的光芒。至於說非主流，這是對稱的說法。誰是「主流」？即使有「主流」，但沒有好的作品，甚至不好的作品也沒有，那麼什麼流也沒有用。我們已看到過太多的例子。以前那些「主流」，而今安在？現在的「主流」，他們的作品又在那裡？不要管這些無聊的自我叫囂。沒有作品，有什麼流可談？文學工作者的工作，就是寫作，不斷的寫作，寫出好的作品來，這就是主流。

傅孝先：蛙鼓與蟬琴

籍貫浙江紹興，一九三四年生，一九四九年來台。台灣大學外文系畢業，政治大學新聞研究所碩士，美國馬偕大學文學碩士，威斯康辛大學英美文學博士。曾任美國威斯康辛大學英文系教授，現已退休，旅居美國。著有論述《困學集》；散文《無花的園地》、《寒蟬與鳴蛙》、《傅孝先文集》、《別樣情懷》、《文學與人生》等。

《野風》在一九五二年五月一日及五月十六日出版的第三十五、三十六期上，以花邊及粗體標題的整頁地位，刊出第六次徵文的公告。主題是「一個令人感動的故事」，五千字以內，第一名獎金一百五十元，第二名一百二十元，第三名一百元。六月十五日截止，入選的作品在七月一日出版的第卅九期《野風》起陸續刊出。

徵文，是《野風》從開始起，就有計畫的去做的一件大事。我們除了在每期封面裡上欄例行的刊出「稿約」以外，在創刊號上代發刊詞的創作小說後面，就緊接著以半頁的顯著地位刊出「野風首次徵文」的啟事。那是一九五〇年十一月一日，獎金的金額是首獎一百元，第二名八十元，第三名五十元。那時大家收入不高，物價還算穩定，一百元對一個軍公教人員及其子女來說雖辦不了大事，但還是有點用處。

徵文的主要目的是發掘更多對大家有意義、有啟發性的文章，一方面用這個策略，來誘發大家埋藏在心底，平常不容易透露出來的東西，一方面正好把這些感人的人、事，對這個社會精神層面的提升略盡棉薄。所以我們用這種雙線進行的策略，一方面使《野風》來稿的品質越來越好，一方面可以從大家的努力創作與個人獨特的經驗中分別獲得不同的精采感人的文章，使讀者、作者、編者三蒙其利。徵文另一個最有可能的收穫是，得到「非作家」型的人提供特殊的個人境遇而使大家得到收穫，而自然的排除「職業作家」的筆海戰術。以保護優質文學園地再發現瑰寶。雖然後來我們終於被那些被我們退稿的「名家」推下了水，而被逼交由依然堅持《野風》信條的田湜來主持。

因此，在我們主持的前四十期《野風》中，我們不斷的徵文，前後舉辦了六次。獎金最後從一百元提高到一百五十元。因為《野風》的銷量直線上升，到我們把《野風》交給田湜之前，最多的幾期，是每期銷售七千份多一點。而由於我們幾個人都有本位工作，所以包括我們自己提供的稿件在內，完全不支取分文補貼，而使所有的收入都用在《野風》的經營上：提高稿酬、擴展業務。

第六次徵文在六月十五日截止時，一共收到四百五十幾篇的來稿，琳瑯滿目，美不勝收。

經過五人小組非常仔細的評選，錄取了好幾篇，其中有名次的幾篇在卅九期刊出，其餘佳作放到後面，但是不再特別說明。

入選第一名的作品題目是〈憂鬱的邨居〉，作者是傅孝先。

這篇文章的意境使我們五個人都驚為「天人」。從字裡行間，推測他是一個好讀不倦，能寫字字珠璣的好文章的人。對邨居雖然略感憂鬱，卻憂而不傷，鬱而不結，「苦」中作樂，而坦然面對。看他的通訊處，是台北市眾所周知的名校教授居住之區，也能想像作者是這些清苦自持的人群裡的眷屬子弟。而且推測他應是現在在學的優秀大學生。

本來是要把徵文獎金用郵匯寄給他。但是大家都希望見見他，於是授權我寫了一封短箋，一方面恭喜他榮獲首獎，一方面邀請他「如屬方便，敢煩移駕本社，一則領取獎金，並可使編者有緣識荊」。我們選了一個禮拜天的早上，因為這樣應該不會耽誤他的課業。

他準時來到。那時《野風》已有了門市部與服務部，後面就是我們編輯部。他的來到使我們雖然沒有大吃一驚，相當程度的驚訝卻是大家共同的感覺。

他穿了一件白色襯衫，高中學生的那種制服卡其褲，一雙不新的普通黑色皮鞋。他自我介紹，是一個高中學生。「榨取」了一陣，知道他是建國中學高三的學生。這樣優質的學生已經不多，更令人驚訝的是，他是從師大附中念完高一，就以同等學力通過轉學考試進入建中高三的學生。要是我的話，我試也不敢試。跳級、插班、名校之最，這幾樣東西很少人去碰，特別是高三插班。我們都知道：只有因某些特殊的原因——多半是不好的原因才會在高二轉學去其他學校做插班生，像他這樣的人，我們還沒聽說過。

他就是在五〇年代台北教職人員子弟中常見的那種情形：清寒、好學、以讀書為娛樂的典型例子。然後，考上著名大學，然後，在父母的節衣縮食下，取得國外大學研究所的獎學金，出國深造。

這些過程多半相似，雖然長大了各有選擇。但是，他還是跟別人不一樣，很不一樣。台大外文系畢業以後，卻在政大新聞研究所拿新聞文學碩士。然後在美國馬偕大學再修文學碩士，最後才在威斯康辛大學獲得英美文學博士。然後，與一般中國人最不一樣的是：他在威斯康辛大學教英美文學——在美國的大學裡，教英美文學！用中國人的一句俗語來說：沒有兩下子是不行的！

我們一直在分享他的成就。而更重要的是，他在異域教洋玩意，但他一直沒有離開中文寫作，而在國內外各報刊經常看到他精采的作品，特別是他那多方面伸展的散文：既廣，又深。

然後，看到他在國內一本接一本的文集出版了。《無花的園地》，然後是《寒蟬與鳴蛙》。他的信裡，一直充滿著不必要的感恩。我說不必要，因為要感謝的是他自己，還有，我們在那時得到了他的好文章，使《野風》更壯大，大家更喜愛。最多，我們也不過是提供了必要的空間讓包括他在內的許許多多有才華的人得以揮灑，而使大家能從像他這樣的人那裡得到心靈上的慰藉。因此，當他在《寒蟬與鳴蛙》裡〈我為什麼學英文〉那篇散文中提到我告訴他得了徵文第一名，以及來信中說：「一直到現在，你送給我的《沒有走完的路》一直是我放在書架上的第一本書」的時候，我感到的除了慚愧，更有驕傲：驕傲於我們當年沒看錯了來稿。於是我告訴他，你的書名與作為代序的〈寒蟬與鳴蛙〉，從你「澹澹風」專欄出發而終於成集，應該是「蛙鼓與蟬琴」。我告訴他，三〇年代我讀初中的時候，被一個寄居家庭主人，以他深厚的國學根底來測試我的國文程度時，他出一個上聯：「蛙鼓」，要我對出下聯。毫無國學基礎的小毛頭當然不知所措，最後在他微笑的解圍下，他輕輕的說：「可以對『蟬琴』。」才結束了這個尷尬、無地自容的局面。因為雖然我沒這份才學，但是傅孝先有，他能。那本書不是蛙鳴，也不是寒蟬，而是實際上極有節奏的蛙鼓，也是極有韻律的蟬琴。他來信說，看到了我在報紙副刊上的這篇文章了，那是他見到的對他這本書最中肯的書評，因為除了褒，更有貶。「你是我的朋友中最肯講實話的人，這樣的朋友不多。何日來美？至盼順道來此，弟當倒履相迎。」我確曾多次穿梭美國，有公的，也有私的。真的很想去看看這位君子之交淡如水的飽學寫作好手。但總是陰錯陽差，不是受時間限制，就是受空間限制，一直到現在，也仍在紙上談兵，信上談文。而毫無疑問的，他比我年輕多了，——即使是一歲，在我們這個年齡層來說，也是年輕多了。如果有機會，孝先，你也不妨回來走走，人生何處不相逢，下面這句就不必說了。

前幾天遇到在靜宜大學的趙天儀教授。他馬上提到《野風》，馬上提到孝先的〈憂鬱的邨居〉。他說他間接認識孝先，雖然沒見過面，因為他認識他的弟弟，他們是同班同學。他說他們是龍兄虎弟，特別是在職業上面。我說讀台大外文系的人不少，好像還沒聽說過一位台大外文系出身的人，在英語國家擔任英美文學教授。正如於梨華一樣，一個台大歷史系的人以英語寫作劇本，入選美國名電影公司的劇本著作，只有這兩個人是異曲同工，相互輝映。甚至可以這樣說，也許只有這兩個人。絕無僅有。

結語

走筆至此，長夜苦短，不覺東方之既白。包括上述幾位在內，還有很多文友可談，但是談無止境，不再贅述。現在所有這群《野風》的朋友們，他們有的英年早逝，有的老當益壯。有的遠赴異鄉，仍時有音問；有的近在咫尺，必互通聲息。畢竟韶光易逝，文學之外，各有瑣俗。二〇〇二年我回南京母校參加建校百年大慶，雖大群白髮蒼蒼，但五、六十年的同窗之誼，瞬間把年齡、健康等等話題都置諸九霄雲外。有人說「夕陽無限好，只是近黃昏」的原詩雖好，但是今天的情形應該改一個字更好：「夕陽無限好，只因近黃昏。」也許這是一種自我解嘲，但改了一個字後的確意境非凡。因為在這別後的歲月裡，他們已把自己萃煉得更有活力，更有成就。而更重要的是，就《野風》的作者群而言，他們一直在既定的方向上前進。逝者雖已卓然有成，但如天假餘年，則必可更上層樓；生者則仍面對所愛，即使體力上不能再接再厲，但嚮往文學之心，當未稍減。

對一個八十歲以上的人而言，一、兩年僅是他生命中的一小段時間，也許無足掛齒；但對於我們這幾個園丁來說，這二十一個月的歲月，則是我們竭盡所能付出的日子，無愧於心而倍感溫暖。因為我們對《野風》四十期的耕耘，培養、收穫出這麼多珍貴的奇花異草，以及因而帶動了的，面對人生的文學之風，不僅值得安慰，也更使我們感到：做了一件對的事，沒有遺憾。

二〇〇七年十一月十二日凌晨脫稿
二〇〇八年二月文訊月刊第二六八期

一九九六年七月，《野風》同仁在中泰賓館餐敘時合影。前排左起：黃楊、魯鈍太太、李品昂太太；後排左起：李品昂、魯鈍、師範、辛魚。

良師益友小說緣

導言

二〇〇八年《文訊》的重陽盛會，我臨時缺席，有違盛意，返台後向封社長致歉時，話題談到當年文協的許多活動，包括舉辦小說研究組。封社長說《文訊》很需要這方面的資料。「作為一個全程參與者，」她笑著說：「你應為《文訊》提供一個完整的報告。」

文協的小說組一共舉辦了兩期，我是第一期的學員。兩年後又辦了第二期，遵趙友培老師之囑，我在第二期負責迎送講座，而有經常旁聽的機緣。所以如果從這方面來講，全程參與是確有其事，但是要提供一個完整的報告，則恐力有未逮，只能憑記憶所及盡力而為。

一九五一年，中國文藝協會舉辦了小說研究組，在經過提供作品審查、口試等甄選手續後，我被通知錄取，並在三月十二日國父逝世紀念日，在台北市公園路、介壽路口的新公園裡中國廣播公司的禮堂舉行始業式，由文協常務理事陳紀瀅先生代表理事主席張道藩先生主持。參加始業式的學員共三十六人，並於四月一日起每晚七點至九點，每週五天，假公園路愛國東路口的女師附小上課。

實際負責小說組的是趙友培、李辰冬兩位老師，講授內容與講座則商承道藩先生邀請當時在台的一流學者專家擔任。授課內容分七大部分，第一部分是人生哲學及文藝思潮，包括各種史觀與人生觀、文學邏輯、世界文學思潮、文學與社會變遷、中國文學史的發展，以及文學與時代等三十個小時，分由羅家倫、張其昀、陶希聖、胡秋原、任卓宣、許君武、張道藩、與李辰冬等講授；第二部分是基本訓練，包括詞彙研究、口語研究、對話研究、人物描寫、景物描寫、事態描寫、作品構成因素研究、小說結構、小說修辭、創作過程研究等共八十二個小時，分由王玉川、王壽康、高明、何容、王夢鷗、王平陵、陳紀瀅、趙友培等講授；第三部分是創作心理與經驗部分，包括人物心理分析與描寫、創作心理活動研究、作家必備條件、小說創作經驗等共十六個小時，由陳雪屏、謝冰瑩、葛賢寧、陳紀瀅、趙友培與張道藩等講授；第四部分是中外小說名著研析，包括《三國演義》的藝術價值、《紅樓夢》研究、《水滸傳》的人物表現技巧、《鏡花緣》的表現技巧、中國小說的特徵與分類、巴爾札克的表現技巧、凱旋門研究、屠格涅夫的表現技巧、托爾斯泰的表現技巧、小說欣賞、短篇小說選讀等共四十六個小時，分由沈剛伯、牟宗三、李曼瑰、潘重規、高明、葛賢寧、陳紀瀅、李辰冬等講授；第五部分是藝術欣賞指導，包括平劇欣賞、地方戲劇欣賞、浮士德研究、莎士比亞研究、美術欣賞、漫畫欣賞、電影欣賞、攝影欣賞、詩歌欣賞、音樂欣賞等共三十個小時，分由齊如山、梁實秋、閔守恆、蔣碧微（後改劉獅）、梁中銘、王紹清、郎靜山、王沛綸、李辰冬、趙友培等講授。上述五大部門共二百零四個小時，另加學員作品互改講評十六個小時，教授批改作品說明十六個小時，專題討論十四個小時，合計二百五十個小時，分組指導則不在其內，於當年九月三十日結業。第二期在兩年後的一九五三年舉辦，由於部分課程改為課外，所以全部講授在四個月內結業，而主要內容及講座則大同小異。第二期學員共四十五人。

我不厭其詳的列出這些課程的內容，主要是說明——不要說是一九五〇年代，即使時至今日，我還不知道國內外有那一所大學或研究所的文學科系裡，有這樣完整的課程。固然每一門功課都僅僅幾個小時，也許僅是一個概念或起一個頭，但是任何事都先要有概念，這二百五十個小時是完整的概念。尤其對我這樣一個不是文學科系出身的人而言，這種全盤性的啟發，對我以後的小說寫作影響極大，甚至更有觸類旁通的頓悟，而覺得收穫的豐富，完全超出我自己原來的期望，滿載而歸。直到今天，我仍然認為，這是一個迄今為止，甚至在可以看得見的將來，前所未有的教學訓練精華。其中講座的博學，思維的細緻，表達的透澈，使學習的人不但能知其然，更能知其所以然。而知其所以然，正如曹丕所云「良有以也」，才是我們小說寫作的人最需要的。

另一方面，我也必須指出，在這兩期十個月的學習與旁聽期間，我們這一群來自各個角落的同好們，不僅是相互切磋，而是更從同學間學到了更多實際寫作小說的經驗，感到三人行必有吾師的喜悅，而幫助了我在良師們原則概念上的耳提面命之餘，又在同窗益友間學習到了他們如何寫作小說的實際經驗，作為我的前車之鑑，而能時時改進自己，走向更寬廣美好的創作世界。所以對我而言，參加小說組這件事，是我文學寫作生命中一個非常重要的轉捩點。因為在這個機緣裡，我雖不是一個唯一的獲益者，但至少也是一個僅見的獲益者。

現在所有的老師全已作古，即使同窗益友也已日漸凋零。撫今追昔，身為尚存的受益者之一，也有義務把師長們教學理念與同學們苦讀寒窗的精神，以例證公諸同好參考。只是情長紙短，也只能舉一反三，以速寫素描其浮光掠影，以報師長教誨之恩與同窗益諍之惠。

良師素描

趙友培

籍貫江蘇揚中，一九一三年生，一九九九年辭世，享年八十六歲。正風文學院中文系畢業。曾任台灣師範大學教授、國大代表等，創辦《中國語文》月刊。曾獲中華文獎會詩歌獎。著有論述、散文、傳記多種。

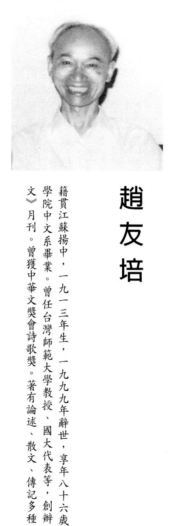

享受過程，無論結果。——趙友培

實際負起整個小說組重擔的是趙老師友培教授。李辰冬老師也負了很多教學的重任，但是友培先生則更負起開辦小說組的排課、約聘講座、以及更瑣雜而繁重的總務工作，包括編製預算、申領經費、洽借教室，甚至講座休息室的茶水準備等等，開始籌備時都是由他一個身為

一九五四年九月，趙友培率小說組學員遊陽明山莊。前排左起：師範、林瑠、張炳華、張雲家；後排左起：趙友培、李辰冬、王夢鷗。

教授的人一手包辦，那種辛酸負重，都不足為外人道。後來他告訴我說，就以洽借教室來說，也是東磕頭，西拜託，完全沒有一個身為大學教授的尊嚴，到處求情，到處碰壁。在跑了幾十趟之後，最後終於在有條件的情形下，得到女師附小白校長的勉強同意出借，但條件是如果發生教具毀損、失竊、或安全上的問題時（例如因講座或學員休息時抽菸而引起火災等等諸如此類的可能），即無條件立即停止教學，退出教室與校區，並且負完全賠償的責任。「所以我一個窮教授，幾乎把一生的清譽，孤注一擲在一個自己完全不能控制的事物上。而顯而易見的，如果真的一旦發生這樣的事，不管你有多少理由，我在師大的工作也隨即泡湯而生計無著。」到了辦第二期時，他告訴我說：「幸虧大家都很守規矩，我們第一期時建立了一個好的榜樣。所以這次辦第二期，我只給白校長打了一個電話，她就立刻同意了。——可見一件事開一個頭很難，尤其一切都不能由自己決定時，那就更沒有把握了。這只是一個例子，第一期開辦時我碰到的問題五花八門，什麼問題都有。我們還是把問題一個一個解決，終於很順利的辦完了第一期。也因為辦好了第一期，所以才有第二期。」他舒展出一個難得的笑容：「所以從這件事上，我越發的驗證了我的看法，就是面對問題。即使最後不能解決，你還是必須面對。而從一次一次的面對問題上，我發覺我越來越富有。」他說：「我從這些困難的經歷中發現，當你面對一個問題而終於解決時，那種過程，是對你最大的考驗。然後，你證明你自己有一種能力去解決問題，特別是在接二連三而來的各種不同的問題，而用你的毅力去一個個的予以擊破，而即使不能達到目的時，那種感覺已不是達不達成目的的問題，而是在享受這個過程。因為你盡了力，不折不撓的盡了力。那個過程帶給你無可比擬的安慰，即使你失敗了，也不會氣餒，因為你已盡了力。所以，過程最重要。我們要享受過程，無論結果。」

是老師，教授，還是聖徒？我們是在這樣的精神下，被講授、被教誨、被薰陶、被浸潤。小說寫作，寫得好壞是一回事，但你有沒有盡力、盡心去寫？這才是重點。你可能寫出了不錯的小說，但是你沒盡全力。你可能已盡了全力，但是仍寫不出最好的小說，又有什麼關係？因為你已盡了全力，結果如何，不用擔心，因為你已盡了全力。

友培先生除了這些既繁重、惱人而又不得不做的事務性工作以外，在小說組裡的教學工作上，他更擔負起更有壓力的課程。他給我們講授創作過程研究、小說構成因素分析、創作心理活動研究與詩歌欣賞指導等四門重要課程，共有二十八個小時。另外還擔任分組指導、座談討論、作品批改等繁瑣工作，全部加起來至少有五十個小時以上，加上另外還有煩心的事務，他幾乎把每天全部的時間都用在小說組上面。那時他只有三十九歲。而在上課時更一絲不苟，聚精會神的為我們講解。他在講解時不苟言笑，我們這批同學都對他的望之儼然，即之也溫的諄諄教誨，從內心裡泛起溫暖。而到了幾十年以後的今天來看，這樣的老師已極少見，包括他是一個超人的感覺在內，加上他的著作，他是兼具文藝創作，文藝教學，與文藝運動三者的化合體，如果要簡單的形容，那麼他是一個真正的現代讀書人，而且更是一個對書本讀通了的讀書人，知道把讀到的智識如何去用在該用的地方。

友培先生的著作很多，但對小說組的同學來說，他的《文藝書簡》對我們的啟發最多。這本書三十篇的文章都是他在小說組歷次講述的內容，其中三分之一談作家應如何自我充實，三分之一討論作品構成要件，另三分之一的篇幅則討論寫作技巧的商榷，就經驗與理論兩者予以組合，極多創見。我們小說組的同學都深蒙其利，而在結業後仍經常集會或拜訪老師們，友培先生更是我們同學經常造訪的對象，經久不停。

八年以後的一九五九年六月，友培先生囑我參加由他擔任領隊的中國文藝協會作家馬祖訪問團。我那時因為服務單位要我去國外讀一點公司用得到的書，所以每天晚上都去補習英文，就告訴趙老師說，每三個月有兩個星期的假期，其他的時間不太方便。他問清楚了是什麼時候放假，就說：「那不差這幾天，就在你的假期裡去好了。因為這次去，我們不要把勞軍變成軍勞，我們是要訪問前線的戰士。回來後要寫出一點東西來，讓後方的人知道，我們為什麼能在後方安居樂業。——這次我在小說組裡只找了你跟鼎鈞兩人，另外還找了鍾梅音、墨人等幾個人。我想小說有你跟墨人，散文有鼎鈞跟鍾梅音，我就比較放心，其他的人愛寫什麼就讓他們寫什麼。」然後我在學校放假兩週裡的六月十二日晚上，細雨濛濛中在基隆登上軍艦前往馬祖作五天的訪問。我們訪問了前線戍守的戰士與蛙人隊，馬不停蹄，回到台北後交出了一個短篇小說。趙老師看完後很高興的說：「要體驗，才有好文章。」並在一個月刊上以專題刊出。後來又在他主編下出版了一本《海天集》，專載我們這次前線之行的豐富收穫。

一九六一年七月我回來後不久，一個假日又跟幾位小說組同學去看趙老師。那時他已遷居新店國大代表宿舍，在飽餐了師母為我們忙壞了包的餃子，正要告辭的時候，友培先生把我叫到他的書房，拿出一本書說：「這本書是我託人從紐約買回來的。你幫我看一看，能不能把這裡面，重要的東西摘要譯出來？」

在回家的公路局客車上，我隨便翻了一下，覺得滿有吸引力。然後我看了目錄，粗略的翻閱前面幾頁，大概知道是什麼書。回家以後看了前面的第一、二章，再翻閱中間及最後，覺得這本書值得全譯。我告訴趙老師我的看法，說：「可是我現在的本位工作很忙，如果要我譯，恐怕不能在短期內譯出。」不料他在電話裡笑著說：「你肯節譯，我已很滿足，現在你願幫我全譯，更是我的本意。時間不要緊，我可以完全配合。因為我準備先在《中國語文》月刊連載，每次也就是每個月能刊出一兩章就可以，這樣可以吧？」我說如果這樣我可以做，只是譯出來你不一定滿意。他在電話中笑著說：「就這樣講定了。——老實告訴你，我把這本書先拿給梁實秋請他譯，但是被他一口拒絕。我已把它放了幾個月，不敢再找別人，怕再被拒絕。想不到你肯譯，而且肯全譯，我真的非常開心。我們辦小說組沒有白費。」我也笑了出來，謝謝他的鼓勵。他跟梁實秋老師是在師院的同事。

「如果我是梁老師，我也會拒絕。」我說：「他是莎士比亞專家，外國文學鉅著欣賞大家。可是這是本談創造性思想，與心理活動有關的工具書。對他而言，譯這本書絕對是浪費。但是對我們小說創作的人，我們需要對這些創作心理有所瞭解，對我是譯學相長，所以我願意譯，只不過我不一定譯得好，到時候還要老師指正。」這本書就是美國Alex F. Osborn的《實用想像學》。後來他看了我分章譯出的原稿後告訴我說：「我這本書買對了，跟我給你們講的『創作過程研究』與『作品構成因素分析』異曲同工。思想能力，是小說寫作的樞紐，創造能力，是小說寫作的動力。我們不但要用思想去寫小說，更要在小說中發揮創造力。」這本書的譯文後來在一九六二年八月起，以約一年的時間在《中國語文》月刊連載後，在一九六四年七月由益智書局出版單行本，兩年後的一九六六年九月再版，對文學創作的人確有相當的用處，我不得不感佩友培先生的先見之明。至於這本書因有友培先生的譯序而暢銷更在其次。

回過頭來，再仔細想想與友培先生間的師生情誼，發現除了我們在各方面得到他的教誨與鼓勵，對我們如朋友與平輩一樣對待的恩寵，原來我們只是一群只有收受的受惠者，而他則更繼續不斷的給我們施與，使我們不但在文學上，更在生命的意義上更加充滿，他自己則一無所獲。於是我們只能在他逝世後在耕莘文教院的追悼會上默默感謝他給我們的一切，包括他給我們最重要的遺產：享受過程，不論結果。或者更狹義的說，享受小說創作的過程，只要盡心盡力去寫，不用躭心好不好，或會不會被發表。

李辰冬

籍貫河南濟源，一九〇七年生，一九八三年辭世，享年七十七歲。法國巴黎大學文學博士。曾任燕京大學、台灣師範大學教授，主編《文化先鋒》半月刊等，創辦並主持「中華文藝函授學校」和「復興國學院」。曾獲教育部學術獎。著有論述多種。

拿破崙的劍頭指揮不到的地方，要用你們的筆頭去指揮！——李辰冬

辰冬先生是小說組的教務委員兼教務主任，除了幫友培先生一起安排課程、洽聘講座外，他自己也主持分組座談、分組指導、與作品批改等繁瑣的教導工作。但是最使同學們享受的，卻是他自己給我們講授的課程，包括中國文學史的發展與展望、《三國演義》的價值、《紅樓夢》研究、巴爾札克的表現技巧、與浮士德研究等等中外名著的講解與討論。剛開始的時候，我們對他一個人擔任講解這麼多的中外名著與文學思潮的變遷與展望，多少存疑，但是聽過他

講了幾次以後，就不得不對他另眼相看：博學深邃。原來我們有眼不識泰山，他是留法文學大家，師院文學系的教授。對我們這群年輕人來說，他只是牛刀小試，而使我們不得不對這位戴著玳瑁邊眼鏡，中等身材略略發福的大嗓門河南人衷心折服。

他上課的時候從不帶任何書籍、講義、或者筆記本等等備而不用的資料，而是在一上課就侃侃而談，抑揚頓挫，從不間斷。只有在認為我們可能不清楚的時候，才轉過身去在黑板上用粉筆寫下不超過五、六個字的複述或注解以為索引，例如桃園三結義到劉備託孤白帝城時中間相隔了多少年，《紅樓夢》後四十回的筆觸與前八十回的異同，浮士德接受魔鬼試煉的條件與人類生活意義的區別等等，指出其在小說創作發展中的重要涵義，而加深讀者對問題的思考，提示了小說或創作應追求的形而上的意境。

「這才是我們寫小說的人應該具有的創造力，才能夠成為引導讀者去思考反省的力量。」他說：「人云亦云的十八流作品人們不屑看。巴爾扎克說：『拿破崙的劍頭指揮不到的地方，由我的筆頭去指揮。』」他突然停頓下來，大約有五、六秒鐘。正在大家茫然不知道為什麼他突然停下來時，他對著大家看著他的目光，提高了嗓子，慢慢的說：「現在我要告訴你們：拿破崙的劍頭指揮不到的地方，要用你們的筆頭去指揮！」

談到短篇小說，辰冬先生的意見就更精采了。除了莫泊桑那篇舉世聞名的〈項鍊〉以外，他舉出了更多巴爾扎克的短篇。「其實短篇小說也可以用這樣簡單的話去定義。」他說：「所謂短篇，就是在最短的篇幅裡，能把別人要用比你寫的要多的篇幅，達到表達更好意涵的東西。——也正如林語堂先生所說：『寫文章要像女孩子的迷你裙，越短越好。』——不能省的絕不省，該省的不可多。」

我們都大笑起來。謔而不虐，樂而不淫。

「我見過一篇最短的小說。」他一邊說，一邊轉身在黑板上寫了下來。

No longer can wait, decide to marry with your father.

「這是一封電報，」他把手上的粉筆扔掉，數了數是幾個字，然後轉過身來說：「我也用十個字譯出來。——『不能再等。決與汝父結婚。』」

等我們爆發的鬨堂大笑停止後，他說：「你們看，這是一篇最短最好的短篇小說。有主角、有配角、有主題、有結構、有情節、有糾葛，也有衝突，例如到底為什麼變成跟他的爸爸結婚？蘊藏了無限的想像空間。故事曲折複雜，結局傷感。一篇小說的基本要素俱備。你們寫得出來嗎？」他在我們的大笑停止後反問我們。

這時響起了下課的鐘聲。

「好，你們想想，如果還有比它更短更動人的短篇小說，等一下講給我聽。」他一邊笑，一邊走出教室：「等一下你們告訴我。」

不是等一下。我想了幾十年，一直沒想到過比它更短的，即使是沒有那麼好的短篇小說。沒有。我也沒在近年來流行過的所謂極短篇小說中發現過。一直沒有。

這就是辰冬先生的教學方法。他讓我們在趣味中追求小說寫作的奧妙，去追求，去思考，去創造。筆頭也好，迷你裙也好，決與汝父結婚也好，那些妙語如珠的日子早已過去，永不再來。但是他給我們的啟發，卻永不過去。

跟與趙老師間的交往一樣，辰冬先生與我之間的師生之誼也從未因小說組結業而中斷，而且時獲教益。一九八二年夏天，在小說研究組結業三十年後，辰冬先生打電話要我去看他。他已從師大退休，主持過中華文藝函授學校，正在籌辦一所文藝研習學校，要我擔任創造力發展的講師，並且指定要我以我給趙老師翻譯的那本《實用想像學》為教材。「你是把這種訓練創造力的實用方法引進台灣的第一個人，我希望學生們不但要懂得運用想像力，更要他們知道如何藉訓練獲得創造性想像能力的方法。你在中國生產力中心與台糖公司正在講授這個課程，應該不會增加你很大的負擔。」他說：「相信你在文學上應該可以駕輕就熟，而更可發揮。」

我沒有理由推辭，因為我們是這樣的受惠於他，現在是我盡量回報的時候。而且事實上也因為我正在為中國生產力中心與台糖的員工訓練所講解這種可用於企業管理的訓練方法。於是我在一個學期裡，以每週四個小時的進度把它講解完畢。同學們都還捧場，還吸引了其他班級與校外的人士來旁聽。他們說從來沒聽過這個名稱的課程，看看這個人到底講些什麼。今天看來，不論企業界，學校裡都在講授這門課，名稱大同小異，但是萬變不離其宗，簡單的說，就是訓練增加我們思考能力的方法。是工具取得，也更是增強我們創作能力的方法：動腦筋的方法。

辰冬先生因為學貫中西，教學的方法又好，所以我們上他的課，真是如沐春風。他從不疾言厲色，有時會在講授時激昂慷慨，但是可能是在國外受過良好的薰陶，承襲了西方的幽默精神來啟迪學生，遠甚於純中國式道貌岸然的諄諄教誨，而達到了更大的教學效果，或者說，使我們做學生的能在如沐春風中欣然獲得知識的精髓，毫不吃力，但是受益無窮。

沒有同學會不記得他。不但如此，有時候我們同學間也會追隨友培先生對他治學不懈的精神討論一番，那就是他對於《詩經》的研究。他是研究《詩經》的專家，對《詩經》下了很大的功夫。我們對他對《詩經》中每一首詩都下了極深的功夫去考證，以及異於前人的註釋，非常佩服。因為他已遠遠的超出我們欣賞《詩經》的小乘，而進入以統計的科學方法試圖作解《詩經》是吉甫一個人寫的驚人論點。遺憾的是，一直到他辭世，他尚未能以權威的判定他肯定的傾向，而是很坦率的留下這個未完成的研究，希望有人能承繼這個重擔。因為他已挑不動了，不是因為他的灰心或煩心，而是他在研究與誨人不倦之餘，像許多有學問的人一樣，生命的時鐘悄悄的停了。

陳紀瀅

本名陳寄瀅，筆名紀瀅等，籍貫河北安國，一九〇八年生，一九九七年辭世，享年九十歲。美國加州世界開明大學文學博士。曾任記者、立法委員、《中央日報》董事長等。曾獲華文文學終身成就獎。著有論述、散文、小說、劇本多種。

文胸武肚僧道領，媒肩差袖妓扇襠。——陳紀瀅

紀瀅先生在小說組裡給我們講授的是中國小說的分類、人物描寫、創作經驗三門課程，以及以指導老師的身分，擔任學員們作品的批改。對於一個把重心放在小說創作，以及後來越來越傾向於短篇小說創作的我來說，前輩名家的創作經驗，無疑是我亟欲瞭解以為比較、取捨、借鏡的重要寶鑑，而人物描寫則更是小說創作中最重要、也最難掌握的重點。所以每逢紀瀅先生的課，我就屏息凝神的去聽，唯恐在稍一不慎中少聽到了什麼緊要的重點，而也許這一段是

他這節課程中最關鍵的經驗，而完全的停止了跟鄰座的同學間那種常有的小組討論、即興式的短句筆談，包括對老師正在講授中的內容或某點的質疑完全停止。

對於一個曾任名報記者、副刊主編的小說名家，足跡遍天下，他的遊記、小說早在大陸時即相當有名，已有二十年左右的寫作經驗。所以我在課外的老師分組批改中，毫不猶豫的選了紀瀅先生主持的這一組，另外自由參加其他幾位老師指導的小組，變成任何一個小組集會研討時，我只要有時間或覺得必要，就可自由參加另外的任何一個小組，但在任何情形下，我一定以參加紀瀅先生指導的這個小組研討與學習為優先，而每一次在永和竹林路紀瀅先生的家裡集會時，我都是第一個報到，也順便幫忙師母給大家倒茶。

在他給我們講解的「人物描寫」中，他除了告訴我們理論方面的原則外，一定舉出實例來引證，而使我們體會深刻。他說：「如果我們在小說裡把景物、故事等等都處理得十分得體，但是沒有處理好人物的呈現，那是一篇軟而無骨的廢物，仍然是一堆沒有骨頭的行屍走肉，一無是處。」他舉出很多的例子，使你在捧腹大笑中體會深刻。其中有幾個例子，使我畢生難忘，而更深刻的體會到什麼是人物描寫。

中國人扇子的用法因人而異。以章回小說或平劇的表現為例，他說：「文人使用扇子時是正襟危坐，目不斜視，輕啟摺扇，向自己的前胸輕微搧動，優哉游哉；武官則兩腳叉開，將大扇用力向自己的腹部搧動，以解酷熱。和尚與道士輩的出世人物，則一隻手把自己的後領拉起，另一隻手把扇子向提高的領子裡搧風解熱；而媒人則一隻手把扇子向自己的肩上輕拍，另一隻手則比手勢向對方說：「啊呀，你知道這位小姐真是美若天仙，嫻靜溫淑」或者「他是一表人材，相貌堂堂，不知道多少人家想把家中千金嫁給他」；而當差的僕傭搧涼時，則因站在主人的身後，不能造次，所以即使很熱，也只能輕輕的向自己的袖口搧風解暑。至於妓女呢，則扇子另有功用，她們在拉客時會順著說話把扇子向自己的褲襠上輕輕拍來拍去，以配合自己的說話：「哎呀，怎麼這麼久你都不來啊，可把我給想死了。」之類的客套話。在我們的大笑聲中，他繼續慢慢的說：「這就是『文胸武肚僧道領，媒肩差袖妓扇襠。』我立刻停止了笑聲，趕快把這兩句話記下來。

還有一次，他講了另一個笑話。

一個聽差跟主人進館子吃飯。吃完後付帳時，主人發覺忘了帶錢，就很不好意思的把自己的名錶解下來拿給堂倌說：「對不起，我匆忙間忘了帶錢。——這個手錶先押在這裡，等一下回去拿錢來還你。對不起。可以嗎？」堂倌連忙笑著說：「不要緊，不要緊，您不必急著送來，方便順路時帶來就可。——錶拿回去，不需要這樣做。」主僕兩人回去後，僕人想這可好，他也可用這個方法來白吃一頓。於是過了幾天，那個僕人一個人來吃飯，酒足飯飽後付帳時，摸了摸口袋說：「糟糕，今天出門時忘了帶錢，我回去拿給你。」可是那個堂倌說：「不行。」僕人說：「哎，我上次跟我的朋友來，忘了帶錢可以回去拿還給你，為什麼今天我來就不行？你太看不起人了。」堂倌說：「你上次一起來的那個人是不是你的朋友我不知道。我只知道上次你們來時，因為我們的筷子放得不十分整齊，所以他就把筷子拿起來，輕輕的把它放在碟子裡整平才使用。你老兄吃飯時，筷子不平整，把它向你的肚子上截平後去挾菜——你會有錢送來嗎？」

這樣使人記憶猶新的幽默，在動人的人物描寫中深深的印入了我們的腦海。還需要用什麼理論去說明什麼才是人物描寫嗎？

而我自己呢，則在這樣的旁敲側擊的笑談中逐漸，也是恍然大悟中懂得了如何描寫人物，不論正面的，觸類旁通的，或因而提醒我反思的，形之於外的，以及感之於內的。我感謝他，真誠的，永遠的。

然後，在第一期小說組結業將近一年的時候，我又從紀瀅先生那裡得到了遠比別的同學更多的鼓勵。

一九五二年夏天，我把我第一個長篇的原稿拿到紀瀅先生的家裡請他指教，以便再做一次修改後出版。那是這本原稿已送給文獎會審查後，我得了一筆為數不小的獎金，足夠我把這部二十五萬字的小說出版。然後，在下一次與小說組同學再去他家聆聽分組指導後大家起身告辭的時候，他要我留下，說已把我那部書的原稿再次看完。

再次看完？因此不只是那部稿子，那天我們談了更多的事。

「現在我可以告訴你了，你這部稿子我其實已看過一遍，這次是第二遍。」

我恍然大悟他在講什麼。原來他是文獎會的評審委員。

他對我這部書稿的評價，遠遠的超出了對一個學生作品的嘉勉。「我跟好幾位評審委員都有同感。但是有的委員認為你的『時代意識』不夠，那不是他們受命擔任評審委員的大前提。所以結果只能得到實質的物質上的獎勵。」

聽完了他這段話，我一邊向他道謝，一邊說：

「我得到老師這麼多的鼓勵，已經是完全出乎意外。得首獎，我根本從來沒想過，因為我必須承認，我這部書稿裡的『時代意識』的確不夠鮮明。我只是把一個在這一代生活的青年，寫出他們心裡的想法與願望，以及他自己怎麼在這個原則下做他該做的事。」我再次謝謝他的關懷：「說真的，我需要學習的地方太多了，我會盡量去學。」

然後，他拿了一本他剛出版的《寄海外甯兒》，內頁上寫著「師範仁棣存正，紀瀅」送給我。我道了謝，他話題轉到我與幾個人合辦的那本雜誌上來。

「對了，你看到有一本雜誌上要我勸告你們的文章了吧？」他說：「你沒有來找我。」

那時我們幾個人辦的那本雜誌已出版了三十幾期，我們正在搜求更好的作品來回報讀者們熱烈的支持，我們也看到了那篇文章，但是每人都有發表看法的自由，我們尊重任何人的意見，有則改之，無則加勉，所以我們以無愧於心的態度去面對那些無聊的「詰難」，而未暇處理。「如果真的我們有什麼欠周的地方，」我說：「我想老師您也許會主動規誡我們吧？」

「今天我所以要你多留一下，」紀瀅先生說：「主要是要告訴你，我真正的看法。」說著他拿出一篇稿子來：「我已經為你的書稿寫了一篇讀後感，也許可以作為你出版這本書時的附錄什麼的。一方面是對你這本書的感想，是真的覺得它有一種特殊的味道；一方面坦白的說，是間接的告訴他們，我對一本正派雜誌的支持，因為大家都知道這本雜誌是什麼人辦的——你知道我現在的身分跟立場，我不能正面的與這些人反駁，甚至必要時還得跟他們討個交情，給這些人出本書什麼的。所以以我現在的情形，我只好就你的書，間接寫出我內心要講的話。」

我一時說不出話來。我有這樣一個鼓勵我，支持我，支持我們，支持一本正派雜誌，但是只能用這種拐彎抹角的方式去做的老師，我還有什麼話能說呢？連感激都已是多餘的。這時我唯一該做的事，就是趕快把那本書出版，而且，不必再跟紀瀅先生說，你給我那篇書評，不是讀後感，而是序言：我從未夢想過，我能得到紀瀅先生為我這本書作序！以及這篇序中對我這個學生如此鼓勵：它一開頭就指出，「去年有一個機會使我一連氣讀到十多部長篇小說，那些小說各有各的主題和風格，多數在水準之上。但能使我一時不容易忘記的，卻是師範先生這一部。當時我只覺得它有一股特殊味道，很難用幾個字眼兒形容得恰當。這種印象，一直保持到我再有機會重新讀它時，我才發現這部書的淳樸、沉靜和它整個孕育著愛的含蓄……」這篇序足足寫了近三千字。我把他這篇文章前面的標題與簽名，製版原樣刊在序文的前面。

因為有紀瀅先生的推薦，這本書在一九五二年八月初版後，三個月內再版兩次共三版，售出了一萬冊，而超過當時任何一本小說的銷量。一九五四年四月，《半月文藝》對我這本書的一篇長達五千字的書評中，更把它與紀瀅先生的《荻村傳》相提並論而備感榮幸。文中說：「……《荻村傳》記錄了中國農村在大動亂中的變遷，這本書寫出了中國智識分子在社會變遷中的徘徊與新生。在文藝園地中盡是野百合花的環境裡，人們習慣於在小樓上聽後庭花的時候，這兩本書像兩枝白楊，給軟綿綿的文藝園地裡帶來了嚴肅的氣氛，它們代表著文藝工作者應走的路，雖然這條路是剛剛開始。」

當然，在二〇〇八年百花齊放，連不管什麼內容的紙本都岌岌可危的今天，像紀瀅先生那樣著作等身，以身作則，孜孜不倦的在自己日新又新的創作之餘，還能全力的告訴後生小子應該怎樣去寫小說的人已經不多。作為一個親炙教誨而受益最多的人，必須說出我一直想說的話才能使我安心。

而那麼多的話必要時也可以濃縮成一句。所以，我在新生南路禮拜堂裡他的追思禮拜上，我只低低的說了四個字：謝謝老師。

虞君質

本名文，以字行，籍貫浙江鄞縣，一九一二年生，一九七五年辭世，享年六十三歲。北平清華大學國學研究院研究，日本東京帝大文學部學士。曾任台北師範大學、台灣大學教授。著有論述、劇本多種。

表面再華麗的東西，都沒有比內心的感知更強烈。——虞君質

小說研究組第一期學員的課程裡，沒有君質先生的課。他是在第二期裡的學員研習班上授課。他講授的是「文藝的心理美學」。

我本來無緣識荊。因為趙老師要我在第二期的上課時擔任送往迎來等等教務方面的打雜工作，所以我有幸能旁聽所有來授課老師的講授。君質先生的講授我當然不能錯過，因為我聞名已久，而且又是要談這個題目。我在高中讀書時，曾經看過朱光潛的《文藝心理學》，這

跟《文藝的心理美學》有何不同？還是實質上是同一個東西？還是什麼別的？我都想知道。因為當年我看過了《文藝心理學》之後，除了佩服作者的博學、深邃以外，也想知道在實際運用時，該怎麼去做。

君質先生給了我答案。在四個小時的講解與實例中，他摒除了一般教授的開場白與其源由等等的旁敲側擊，直截了當的提出心理美學的意義、運用方法、與其哲學基礎等各種理論與實際的綜合講授，並且以舉例以明之的方法提供大家瞭解它對我們小說創作的人有什麼好處。

「最開始，這種形而上的藝術用於美術，諸如繪畫、雕刻等等可以表之於外的藝術品。例如女神維納斯與大衛像等等。那些作品之所以有名，除了都必須對人體美的基本認知外，更必須賦予心理上的認知與想像，才能突顯這件作品的美無與倫比。如果米開朗基羅不知道這位以色列國王少年時代的牧羊大衛，當年鎮靜的面對要欺侮他的非利士人，曾用他充滿張力的雙手予對方一記強而有力的甩石的故事，他絕對雕塑不出這樣永垂千古的不朽巨製：英俊、高大、鎮靜，與肉體肌里之美的混合體。這中間有原本外表的英俊，加上表之於外的內在的思想，而呈現出來我們現在看到的大衛像。」他說：「現在我要你們用到小說上來。」他放下粉筆看著我說：「朱光潛先生的《文藝心理學》正是這個東西的基本理論。但是，他提出這個問題時，我們中國人還在五四運動後不久。他用淺顯的文字倡導，也有人在實行，但是當時文藝界的認知還在啟蒙階段，白話文與文言文之間的差別還沒有今天這樣的清楚。所以在那時，對文學創作者而言，也還是在啟蒙階段，因此文學作品有的是在不知而行，對讀者的影響還不夠。」他說：「現在你們可沒有理由逃避了。也不能逃避了，否則你的作品就沒有人看。因為表面再華麗的東西，都沒有比內心的感受更強烈、更渴望、更有力。」

那時我才二十幾歲，還沒機會見到大衛像的真實面目。後來有機會到義大利，就不能錯過去佛羅倫斯看這座巨製。君質先生說的不錯，但我親自見識的大衛像，我所感覺到的，比君質先生當年大概簡述的地方更多。例如他手背上青筋暴漲，以及他難以形容的鎮靜的把手伸向甩石袋的那種動態，充分的當面見證了大衛內心充滿了憤怒與出奇的鎮靜，難怪他在出手甩石時，那個非利士巨人應聲而倒。米開朗基羅充分的把握了這個聖徒故事的精義。內在強烈的感知，以無比鎮靜的致命一擊，完成了他艱鉅的任務；也使米開朗基羅完成了他成為世界上最偉大的雕塑家而永垂不朽。但是，如果君質先生當年不以此為例，恐怕我目睹時的感覺不會如此深刻。

這種寫小說時感之於內，表之於外的創作原則，完全是一樣的：非常不容易捉摸，但是你非捉摸到不可。

我從書本上看到了理論，從君質先生的例舉中瞭解了為什麼，然後在親身經歷下，加深了對君質先生提示例證的感知，而知道了該怎麼做：實際寫作上如何表達當時的心理活動。我終於知道了小說中側重心理活動比什麼都重要，因為形諸於小說形式的，實際上只是小說心理的反射，內涵的表達。

在聆聽君質先生的講授以前，實際上我已經在不知而行，或者說一知半解的在行：我在第一部長篇小說裡就已經或多或少的應用了相當程度的心理描寫，但是表達在字裡行間的，還不能得心應手。現在聽了君質先生的講解以後，有了豁然開朗的感覺，而在以後的作品裡開始大膽放手，運用得更多，更稱心。我越來越感覺到當我在深思熟慮後開始動筆時，那些明示與暗示的思想的流動更多，使我有更多的選擇與取捨。我把對話的部分減到最少，甚至有時在整個短篇小說中僅有不到幾句對話，而以百分之九十以上的篇幅作心理描寫與最必要的安排，而且愈來愈得心應手。

那完全是虞老師給我的禮物。我從朱光潛的《文藝心理學》啟蒙，但是君質先生給我開門，而他那些觸類旁通的例證，更給我指引取經的途徑，雖然在我提出問題後，他謙虛地只承認他講的是作為朱光潛先生的補白。

長長的臉，高高的顎角，一副金絲邊的眼鏡架在他高挺的鼻樑上，經常微笑，幽默風趣的談吐與簡要切題的註解，在在顯示出他的博學多才，而且溫文儒雅。在他下課前幾分鐘，他慣例會問一句「有什麼問題嗎？」後停下來。如沒有問題，他就說：「好，下一節再談。」或者說「下次再談。」如果有人舉手，他就仔細的聽對方的話，或者，學員們有時不能很有條理的表達時，他總是笑著接上去說：「你的問題是說……對不對？」然後在對方不斷的點頭時為他解答了他的問題，也同時以微笑解除了對方的尷尬。

當他教完他的最後一節後，我照例送他到女師附小的門口，跟他道別，說：「以後還請虞老師多多指導。」

「我很高興見到你本人。」他停下來說：「其實我認識你已有很長一段時間。」

我茫然不解。傻傻的楞在那裡。

「我看過你的小說。不止一、兩篇。」他說：「很好。」

「謝謝老師誇獎。還是要請多指教。」我說：「這次有機會旁聽您的講課，是我最大的收穫。」

他打斷我的話。

「是真的，我真的看過好幾篇你的小說。——這麼說，我週六、週日都在家，你要有空，可以打電話來，我們可以聊聊。」他給了我他家裡的電話號碼與地址。他是師大與台大的教授，住在龍泉街。

我在與他約定的時間，去他的家初度拜訪。

他很開心的跟我談了很多很多的話。說：

「我在雜誌上看到你的小說，也在另一個場合看到過你的一個長篇……。」

我恍然大悟。那時我一共才寫了第一百零一個長篇送審後，根本還沒發表。能看到的祇有他們。

「謝謝老師的指教，」我立刻接上去說：「那是我僅有的一個長篇。還很幼稚——請多指教。」

他看我意會到了他是評審委員，說：

「沒得首獎不代表寫得不行，」他說：「每人有每人的觀點。如果觀點不同，就不能說好與不好。」他笑著說：「至少，我個人就很喜歡你這個長篇。你的文字裡有很多這一代青年內心的痛苦，而那些痛苦代表了這一代大多數中國青年沒有講出來的感觸。你用的標題也是前所未見的。凡是對的，應該這樣的想法，就值得一個人堅持下去。有許多事是一時的，但是有更多的事是永久的。」然後，他轉了話題。

「事實上我在前年就看過你的一個短篇小說。然後又看到你的另一個中篇。最近在《自由中國》上看到你的那個短篇小說，我就很高興的跟友培說，你能寫。你越來越進入心理美小說的層次。尤其是這一篇。」

這就是心理美的小說嗎？我不知道。我只知道我是在努力的越來越進入內心深層感受的創作。而在旁聽君質先生的課後，只感覺到那些內容聽起來深得我心，很順耳，很舒暢，很有同感。

「我最近可能要主編一本文藝雜誌，預定明年元旦創刊，名字還沒完全確定，可能是『文藝月報』，是月刊。你給我寫幾篇小說吧？風格上最好能類似給《自由中國》那樣的。」他說：「現在跟你講應該不算太晚罷？」那時是秋天。

我在十一月底前先寫出了一篇送去，君質先生馬上就看。說：「很好，就像這樣風格的再來一篇。這篇會在明年一月一日的創刊號上刊出。第二篇最好快一點，能在二月號上刊出最好，否則在第三期。總而言之，我喜歡這種風格的小說：尤其結尾，完全符合我心理美的理論。」

在起身告辭時，他送我一本剛出版不久的，他作品中唯一的劇作《海》。還題簽「師範兄惠正」。我受寵若驚，仔細閱讀，的確不凡，因為它充分的運用了心理美學，而極具活力。

我沒有能立刻再生產一篇，但是我終於在一月中旬寫了出來寄給君質先生。然後，他打電話來說：「收到了，將在三月號的小說欄首篇刊出——這一篇我更喜歡。你總有方法寫出使我意想不到的結尾，這一篇更是。」

我那個短篇小說的結尾是這樣寫的：

於是，她回到房裡，重重的把那扇窗戶關上，並且發誓永遠不再把它打開。當她決意埋葬自己生命春天的時候，葉振強正在省城的一家首飾店裡挑選指環。他要盡他所能，挑一對最好的買回去，來把這難得而又值得珍視的愛情圈住，不再讓它偶然而來，悄悄而去。

後來有人也用這個短篇小說的題目寫了一個長篇，君質先生有點介意。但我覺得古今中外同名的文章很多，只要文章寫得好，更應受到重視；只要文學的心理美，因而更被大家重視、汲取、表達出不同的美點，是小說或文學界的好事，應該讚賞。

蔣碧微

本名蔣棠珍，一八九八年出生於江蘇宜興，一九七八年辭世，享年八十歲。曾留學法國，專攻美術，旁涉文學。著有《蔣碧微回憶錄》。

我們有的人還沒有跟上來，變成因為墨守成規而產生的反差。——蔣碧微

小說組第一期學員的課程中，原列有蔣碧微先生的授課科目，是「美術欣賞」與法國名作家「羅曼．羅蘭的表現技巧」。但是後來正式開課後，蔣先生沒有來。「羅曼．羅蘭的表現技巧」一項取消，「美術欣賞」則改由劉獅先生擔任。以美術欣賞只有四個鐘點來說，分量不是很重，而且劉獅教授家學淵源，他的爸爸是名聞全國的劉海粟大師，也絕對夠當我們這批不是專門來研究美術的人的講座。但是羅曼．羅蘭是當代文學大師，舉世聞名，她沒來教我們，就

覺得很遺憾。因為蔣先生是五四時一代留法的名家，她與徐悲鴻、常玉、邵洵美、張道藩等各位，都在留法返國後在美術、文學界中各領風騷，揚名海內外的博學之士，如果能親自聆聽她的講授，一定如沐春風。現在不能來了，除了失望，也只能失望。

但是，人生各有機緣。我個人則非常幸運的，在小說組群體失望之餘，非常難得的能單獨的面聆她的指教好幾個鐘點，這不是我的運氣是什麼？

小說組結業後，我們仍經常去幾位指導老師的家裡，面聆教益。有一次去趙老師友培先生的家裡，在大家興奮的暢談文學之後，大家起身走向趙老師家餐廳，去吃師母為我們包的餃子時，友培先生殿後，他輕輕的拉了在他前面的我的衣服一下，我回過頭來，他輕輕的跟我說了一句：「蔣先生希望你有時間去看他。」

蔣先生？我有沒有聽錯？我不解地轉過頭來，茫然的看著趙老師，心裡在問：蔣先生是誰？

「蔣碧微蔣先生，」友培先生微笑著，輕輕的說：「她看過你的長篇原稿了。——她就住在後面九十六巷。」那時友培先生還住在溫州街十二巷的師大教授宿舍。

我楞了一下。隨即好興奮，好感動！一直以為再也不會有機會見到她，沒緣分上她的課，沒福氣聽她的講授了。而老天有眼！我終於能有緣分聽這位才女的教誨了！

我謝過了趙老師。在他的安排下，兩天後的一個夜晚七點半，我準時到達溫州街九十六巷十號的那幢日式住宅的門口，按了門鈴，在一個女僕的接應下，脫鞋走進榻榻米的客廳，在一張籐椅上坐了下來。在女僕端茶過來後，我靜靜的等她接見。不一會兒，一位雍容婉約的女士走了出來，我站了起來，說：

「我是施魯生，趙老師囑咐我來看您。」

「你怎麼知道我是蔣碧微？」她微笑著一面示意我坐下，一面在我對面的籐椅上坐了下來：「我們沒見過吧？」

「我是沒有見過您，」我說：「但是我在中學讀書時，在雜誌上看過您的照片，就是這個髮式。」

「是嗎？」她和藹的微笑著指著自己的頭髮：「真的，我多年來一直是這樣——一直是五四頭。」

我的緊張緩和了下來，因為這樣一位平易近人，氣質高雅，我在中學時代就已景仰的新女性前輩，就在我的眼前！那是做夢也不曾夢到過的。所謂五四頭，是指民國初年五四運動那個年代新女性的打扮：前劉海，後面的頭髮齊耳剪平，或者不剪掉但是齊耳梳上去，在兩耳上方各打一個大髮髻，像兩朵黑色大花插在耳朵旁。

等到她坐下，我也坐了下來。

「你這部長篇寫得很好，所以跟趙教授說，你有空的時候來聊聊。」她說：「我以為你已很大了！你剛離開學校不久吧？是哪個學校？」

我向她報告了我是哪個學校的，哪一年離開學校，讀什麼系。但是從小就喜愛文學，寫小說只有一年多，寫了不過十幾個中、短篇，長篇是第一次寫。

「你第一次寫長篇？你一定看過很多文學作品。——你看過《約翰．克利斯多夫》嗎？」

我告訴她我最喜歡羅曼．羅蘭的這部不朽巨著了。

「我就感覺到你的這部長篇裡深受著它的影響。」她說：「我是說，你能把它消化，汲取它的養分，豐富、並且建構了中國人自己的觀點訴求，是一個作家必備的條件。像蠶一樣，把吃進去的桑葉，變成絲吐出來。」

我謝過了她的勉勵，說：

「我才開始學寫小說，請蔣先生多多指教，我才能進步。」

「不要這樣說，」蔣先生說：「不可自傲是對的，但是寫東西的人也要漸漸建立自信。其實，道藩先生也說你寫得很好，」她微笑著說：「可是他是人在江湖。而且，那是要由評審委員會採多數決定的事。你知道這個獎設立的宗旨就是這樣。」

我再度真誠的回答：

「我真的非常感謝，也請蔣先生在便中代為報告道藩先生，謝謝他的鼓勵，我會繼續努力，我不會停下來。」因為不久前小說組結業時，在友培先生的率領下，去草山遠足，有機會見到道藩先生，趙老師在給我們個別唱名引見時，道藩先生曾微笑著鼓勵我說：「你的小說不錯，有思想。我喜歡有思想的作品。任何文學作品必須有思想來支持，特別是小說。記住，要堅持。」

她繼續給我指教了許多寫小說時必需注意的地方，對我日後的寫作，都非常有用。然後，話題轉到一個更實際、重要的技術問題：

「有沒有人對你的某些文句有什麼看法？」她說：「有的評審委員認為你的文句中，有的太歐化。」

「這也是我要請您指教的。有一位口語化很好的文友說，希望我把有些歐化的句子要改，例如把一些連續表達的長句分成兩句或三句，好讓讀者喘過氣來。

「可是我的想法不太一樣。」我說：「這不是歐化與否的問題。大部分的句子語意比較簡明，當然要簡短，可是某些句子我之所以沒有很簡短，是因為那一句話，或這一個思想還沒有表達完整，必須要連續形容來加強，才能透徹的瞭解整個的意義或是這一個句子全部的思維，就好像英文中主句下面使用附屬子句來潤飾，甚至在附屬子句下再加一個附屬子句或片語來加強第一個附屬子句，來潤飾第一個子句一樣，而使主句的意義發揮得非常完整，更清晰，而能完全的表達出這個句子的中心思想或必須強調之處。如果斷成幾句，對習慣於短句的人也許可以容易讀完，但是把一個完整的思想斷成幾段，則完全不能有效的表達原來應有的氣勢，完全鬆懈了整個文句結構的力量，而變成可以達意，但是遠不如連續句的生動有力，完全的減退了原應表達出的張力。我認為這不是小說寫作應有的氣勢，而變成給你逐一解析的論說文。那不是小說所需要的。否則，寫論說文好了。——我不知道這種做法對不對。請蔣先生指教。」

當我說這段話時，她一直盯住我看。我講完了，她還在看。然後，她微笑了。

「這就是今天中西文化接觸上產生問題的最佳例證。主張以幾個短句處理的人有他們的道理，但是他們不能瞭解西方文化中表達上的奧妙之處。我剛才問你的就是指這個。我認為你懂了。我完全同意你的觀點與做法。——這次有些人就用這一點來否定你那個長篇的用筆。坦白說，我個人認為那種論調只是落伍的吹毛求疵。他們仍用以前的標準來看，而根本忽略了整個文章的重點及所以要如此表達的原因。坦白說，我今天之所以要你來，這個也是重點：我要知道，在某些段落，你用這樣的手筆，到底是一知半解，故意賣弄呢，還是你的確已瞭解西方文字，特別是在文學作品裡的表達方式的優點。現在聽你自己說了，我就放心了。我支持你的觀點與處理你的文字表達方式。其實，文學作品以外的作品也都一樣。衹是我們有的人還沒能跟上來，變成因為墨守成規而產生的反差。」

我靜靜的聽，仔細的思索她的話。我放下心中一塊原本存疑的石頭。然後，我說：

「謝謝蔣先生的指教。如果是論說文還可以說，雖然在氣勢上差了，但還可以說得過去。但是文學上，——真的很感謝老師的指教。」

真的，我是在這樣慈祥的教誨中，從那時起，被解除了那些對我善意，但是證明是不切實際與不合時代要求的桎梏，而放手前行。我感謝她。真誠的感謝她。

在二十一世紀的今天看來，這已完全不是問題：每個人都知道應該這麼做。但是五〇年代是一個新舊轉變、交替、踽踽而行的世代，什麼事都開始改變，可是那樣猶疑地，慢慢的在變。但是文學變遷的需要已不能再等了，因為已等得太久了，必須要有人直爽地，坦白的說出不能再等，才能使半舊不新的迂腐解脫。

例如蔣碧微先生。

小說組的良師數不清，其他如我在大學時的校長，那年我參加高考時首創改用鋼筆作答，以《新人生觀》名滿全國的羅家倫，文學理論大家王夢鷗，莎士比亞專家梁實秋，攝影大師郎靜山等，他們早就蜚聲文壇，毋須贅述。

同窗速寫

小說研究組兩期的學員，在始業時共有八十一人。其中第一期三十六人，第二期四十五人。後來因為職務異動、工作忙碌、與健康因素等原因，第一期中有六人，第二期中有六人未竟全功，所以最後參加結業式的一共是六十九人，其中第一期三十人，第二期三十九人。他們在小說寫作上各有所長，各有所好，應該一一予以列舉，使大家知道他們的才華與特長。但是篇幅所限，我只能在這中間隨便抽幾位介紹給大家認識，也許你早已認識他們。

一九六九年二月，小說組同學於趙友培老師家進行小說研討會。左起：趙友培、徐其玉、周介塵、盧克彰、楚茹、包喬齡、蔡文甫、師範。

水東文（吳引漱）

本名吳引漱，籍貫江蘇淮陰，一九二五年生，二〇〇二年辭世，享年七十八歲。上海復旦大學政治系肄業，台灣大學政治系畢業。曾任中央廣播電台編輯及主編。著有小說多種。

第一期同學中最早出書的是吳引漱。他的第一本書，也是他第一個長篇小說《紫色的愛》，早在我們大家剛進小說組的時候就出版了。他用他本名的最後一個字，拆解成水東文三個字以為筆名，非常巧思而吸引讀者對這個名字以及這本書的好奇。《紫色的愛》也非常羅曼蒂克。他說：紅與藍兩種顏色調合時成為紫色。顯而易見的這是一個當時意識形態下有關愛情的故事，一個紅色的女孩，與一個藍色的男孩中間衝突、矛盾的愛情故事，最後當然紅色溶化在藍色裡而變成紫色的愛。我們都很妒忌他。

他告訴我們，這是一個真實的故事，我們都相信。因為那時他在中央廣播電台工作，又是台灣大學政治系畢業，他應該有第一手的，真正的故事資料，雖然不一定是他自己的故事。他說「紫色的愛」也代表了他寫作的基本態度：愛情應該為愛而生活，嚴肅、固執、永恆。

小說組結業後他又寫了一本《還鄉曲》，有點類似奧威爾那本有名的《一九八四》的思路的一本想像小說，給來到異鄉的大陸同胞們以無限的遐思。

而那時《一九八四》還沒有出版。他已走在前面很多了。

王復古（勞影、慕容美）

筆名勞影、慕容美等，籍貫江蘇無錫，一九三二年生，一九九二年辭世，享年六十歲。曾任職於桃園、鳳山稅捐稽徵處。著有小說等多種。

《野風》創刊後不久，就有一個叫「勞影」的作者給我們投稿。這個名字沒聽過，但是他的小說很吸引人。而剛進小說組時，也不知道這裡面有一個叫勞影的人。

在同學中，他很少講話。但是言必中的，一句話就是一個句點。他在稅捐稽徵處工作，常出去查帳，難怪生活經驗豐富。但是他是小說組裡最年輕的人，那時他只有二十歲。後來在結業典禮上，他宣布他就是勞影，使我相當驚訝：他比我小了四歲，但是他的小說使我們不敢相信他的年齡。但是就是這樣，他年輕、才氣橫溢。

小說組結業以後，沒再見到他給《野風》寫稿。有一次同學聚會見到他，我說最近沒有看見你的小說。他說：「這種小說不寫了。」他猶豫了一下：「本來不想跟你們講，但是講也無所謂——我最近在寫武俠小說。」

武俠小說？聽的人都愣了一下。我們是來研習怎麼寫當代或者說是現代小說的。武俠小說，那不是我們心目中的小說。可是，誰能說武俠小說不是小說？或者，不是當代我們熟悉的現代小說？所以我們都楞在那裡，幾乎無言以對。

「武俠小說的讀者遠比看現代小說的多。」他笑著說：「這個年頭，要寫有人要看的，而且容易寫，不費什麼腦筋。最主要的，今天寫出來的刊出來，明天該怎麼接下去，今天還不知道。——連作者自己都還不知道下文是什麼，讀者怎會知道？這就是『欲知後事如何，且聽下回分解』的吸引讀者繼續要看明天續集的最大誘因。而且最重要的，」他笑了起來：「稿費又多。——其實，我也不過把車子的方向盤稍稍轉了一個方向。」他說：「我隨時都可以轉回來。」

他的武俠小說真的很有名氣。在古龍、諸葛青雲之後，大家都知道還有一個慕容美。

可是他那輛車子靈活的方向盤一直沒有轉過來。也許不是他不轉過來，因為他走得很早，來不及轉過來吧？而留下同學們無盡的懷念與沉思。

王鼎鈞

筆名方以直，籍貫山東臨沂，一九二五年生。抗戰末期輟學從軍，曾任《中國時報》主筆、人間副刊主編。先後於世新新聞專科等校授課。曾獲中山文藝創作獎等。著有論述、詩集、小說、傳記等多種。

女師附小的學生課桌是雙人座，在編排座位時，我與鼎鈞被編在同座，從他那裡學到很多寶貴的東西，更有機會在上課時筆談。有一次那位講座說有的人自以為了不起，別人的作品都是垃圾，唯我獨尊，貽人笑柄。鼎鈞馬上寫了一個字條給我：「天下文章數三江，三江文章數溆鄉。溆鄉文章數舍弟，舍弟跟我學文章。」我給他加上橫批：「舍我其誰。」然後我在他那張紙旁邊加註了幾句：「不過寫出來的文章連自己也不喜歡，別人一定無法欣賞。故某種程度的自我肯定，應有自信。」

有一次我們談到寫作計畫。我說很想根據新約聖經的英文版，拿來重譯一次中文版，因為現在的中文本有的地方很難看下去，而減低中下層信眾的瞭解度。他馬上打斷我的話說，不管那一種文字的聖經，都是經過教會的學者專家仔細審核而經主事當局核定的統一本，沒有人可以修改。你要做這件事不但愚蠢，更會受到攻擊，到時候連你想保住自己的文學生命也不可能。」我從善如流，但對不可做能使別人更增瞭解的事，當時仍頗為不解。但是後來我就知道他是對的。一九七五年我在《時代》雜誌上看到在死海的山洞裡發現古籍手抄本的所謂「第五福音」（或稱多馬福音），其中記載的與現在的聖經本有很多觀念與例證解釋上的不同；到了一九八〇年耶路撒冷考古發現耶穌墳墓裡有馬利亞的石棺等等的報導，以及看過《達文西密碼》後，才知道少不更事時的想法有問題，或者說，鼎鈞要我不要惹事的看法是對的。

今天他著作等身，文名四播，我們同學都與有榮焉，其來有自。因為他涉獵廣闊，心無旁騖。又在友培先生的《中國語文》月刊多所費心，見聞益展。雖然他的小說早已不見了，但是這可以證明他駕駛的車子方向盤轉對了，因為對他來說，那是一條比寫小說更有貢獻的路。

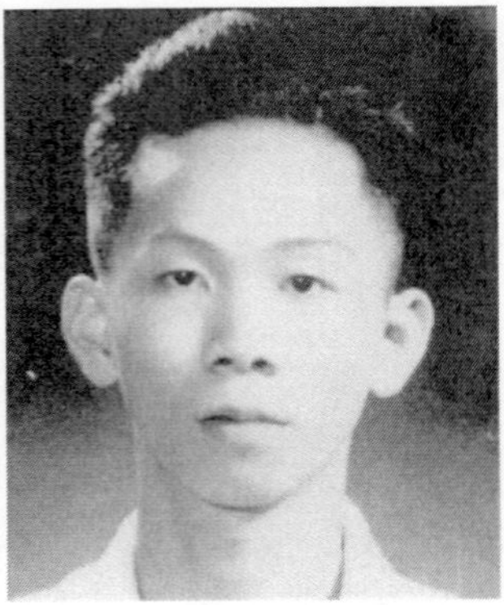

廖清秀

筆名青峰等，籍貫台灣台北，一九二七年生。日據時期小學畢業。曾任小學教員、中央氣象局專門委員等。曾獲巫永福文學獎等。著有散文、小說、報導文學、兒童文學等多種。

國語教學推行伊始，所以五〇年代在一般報章雜誌上刊出的文學作品，省籍作家的作品較少，這是一個必然的事。

清秀是當時小說組裡唯一的省籍青年，他對於以國語追求小說創作的努力令人驚嘆，終於，他超越了全小說組裡原本使用國語能力比他好的外省同學而脫穎而出，寫出了〈血淚恩仇記〉，並且得獎，使全班同學刮目相看：天下的事只要努力，一定會得到報償的名言，在他的身上發芽、開花、結果。

從此以後，他的作品源源不斷的在報章、雜誌上出現，直到今天，當我們小說組同學大半都已欲振乏力的時候，他依舊寶刀未老，推陳出新，延續了他的期望：他默默的做，毫不鬆懈，並且做得很好。

小說組的同學之間一直有很好的互動，那些年我們經常見面，也常常讀到他的新作，不一定是他送的，有時候也是我們自己去買的。有一次同學的聚會中，更意外的得到他帶來送給大家的他剛出版的小說，說意外，因為許多同學都已停筆，但是他老當益壯，繼續寫作，大家都自愧不如。

今天早已不存在運用國語能力的問題。但是在那個年代，他在那個突變的時空裡，堅定而沉著地面對，以他不折不撓的的精神堅持，面對全新的文字，努力再努力，終於被他一一克服而一枝獨秀。這不只是清秀個人的成功，更是很多面對困難，不折不撓的去把它克服的人的榜樣。

我引以為榮。小說組的同學也會引以為榮。

羅盤（羅德湛）

本名羅德湛，籍貫江西九江，一九二七年生。陸軍軍官學校、步兵學校畢業，政治大學行政管理班研究。曾任行政院人事行政局科長等。曾獲中山文藝獎等。著有論述、小說等多種。

德湛是一個標準的軍人。不論颳風下雨，他從不遲到，從不早退。上課時，專心聽講，勤做筆記，討論時熱烈發表意見，看得出來他是好整以暇，有備而來。

他對老師講解時對小說創作的各種要點特別注意，立即筆記。然後在兩節課之間的休息時間，也不放過，而常常使老師連喝茶的時間也沒有。

因為他急於要在老師的講解中，找到並且證實這些理論是有用的，對的。因為，他心裡已有一個準備：他要把自己原來所有的想法，加上老師被證實的例證，成為他日後堅實的背景：他要自己將來不僅能寫小說，而是更能成為一個合格的文藝（學）理論家。

果然，他達到他自己設定的目的。他就是先用羅輯，現在是羅盤的羅德湛。從他對筆名的命名可以看出，他認同文學應合邏輯，然後，他以他對文學的瞭解，為你做方向的羅盤。

在這方面，我們兩人的看法相同。我寫小說，但是因為不是文學科系出身，不懂理論，所以我不斷的尋求小說創作的邏輯方向，他則更盡量看別人的創作，來尋求論點的確立。

有一次我出版了一本短篇小說集請他指教。他看完後打電話給我說：「我以前一直以為短篇小說多半是簡單的人物與故事，空間不會太大，時間不會太長，表現較為單純的主題。現在我有點修正。」他說：「短篇小說同樣可以表現一個以上的主題，或一個問題為主，幾個問題為副。或者同時表現一個以上的主題，仍可以用少數的人物與簡潔的方法表現出來。」我說：「我不知道這樣寫對不對。但那是我一直想要突破的。這六個月裡我有一些這方面的心得，我很高興得到你的認同。」而也是從此以後，我們來往更多，因為我可以拿試製品給他吃，然後他會告訴我好不好吃，還有什麼地方可以更入味。

他只寫了一個長篇小說《高山青》，但是他寫了更多的小說寫作的理論，包括《小說寫作基本論》、《小說寫作研究》，《小說創作論》等很多討論小說創作理論的書。大概小說方面的理論也差不多就是這些了，於是他開始進入紅學：不是一般考證，他不會去做這些對文學創作本身沒有幫助的東西，他只做對小說創作的人有用的，例如他的《紅樓夢的文學價值》就是對任何人都有用，特別是對我們小說創作的人，更有借鏡的價值。

周介塵

筆名文宗等，籍貫山東文登，一九二〇年生。中央警官學校警政所碩士。曾任《半月文藝》、《情報知識》月刊主編。曾獲中國文藝協會文藝獎章。著有論述、小說、傳記等多種。

介塵是第二期同學中年齡較長的一位，今年是他的米壽之年。早在一九五〇年，他就已在《中央日報》副刊發表過作品，後來又在程大城的《半月文藝》任主編。《半月文藝》是五〇年代與《野風》相互尊敬的純文藝刊物。

他的作品很多，不僅是小說。他出版了《青龍河的幽魂》等七、八本小說，一本《岳飛傳》，一本《故事新釋》，以及專門教人不要讀別字，不要寫錯字以及如何辨別破音字等等語文方面的書，不一定著作等身，但是寫出來的，都是用之不盡的好書。這些寫文章的基本工具書，可說前無古人，後少來者，對所有需要用文字來表達意見、觀念等的人來說，是非常非常有用的工具。在一般人無心言教的普世習俗下，他寫出了這些書，是對國人一個極重要的貢獻，尤其對我們小說創作的人而言，更是必要的工具。

他曾獲頒文協的文藝獎章，實至名歸，比一般譁眾取寵的人更有資格。而且，不論得獎與否，他從不喧嘩。而永遠在默默的做他認為該做的事，不論別人怎麼想，例如那些字辨的工具書。

在小說組裡，很多同學都很謙虛，非常有禮貌。但他是最安靜的人之一，沒有人感覺到他的存在。他在任何場合都最低調，但是，他寫出來的東西，不得不使人感到他的存在。即使有一天我們大家都隨風而去了，他的書仍使我們，使後來的人都知道他的存在。

楊思諶

筆名余念石，籍貫福建晉江，一九二六年生。延平學院畢業。曾任《中華日報》撰述委員、《中央日報》國際版總編輯，《兒童世界》半月刊創辦人等。曾獲中國文藝協會文藝獎章。著有散文、小說、兒童文學等多種。

小說組第二期同學中，在寫作方面很早就已露頭角的人不少，思諶就是一個。

早在一九五二年起，他就開始在《暢流》半月刊發表作品，然後主編《兒童世界》，出任報紙記者、編輯到出版，閱歷豐富，寫出來的作品自然不同凡響，寫作以小說為主，散文及兒童讀物為副。

一九六八年起，他出版了《迷茫的春天》、《漫漫長路》等長、短篇小說集等許多部小說，一九七二年獲文協小說獎。

在小說組，他跟大家說，人生最基本的信條就是不要怕吃苦，因為吃苦有代價，這代價便是開啟智慧之門。用吃苦換取無窮的智慧，是充實生活，開拓坦途的最好經歷。

結業以後，大家都在忙自己的事，他則更是一直在以苦中作樂的方式在生活中培養自己。有的人只在苦中過生活。但是他不僅是苦中生活，而是在苦中體驗、尋求智慧的樂趣中生活。

楚茹（程扶錞）

本名程扶錞，另有筆名蔡過等，籍貫安徽績溪，一九二八年生。聯勒軍需訓練班學生班畢業，美國經理學校進修。曾任教官、編譯官，主編《中華文藝》月刊。曾獲中國文藝協會文藝獎章。譯著有散文等多種。

小說組的老師們，處久了都知道，他們喜歡大家發問。但是有些人，不論在教室裡，課後，或者以後小說組同學聚會、出遊，或任何場合，他們都是靜靜的聽老師或大家的講話，你很少聽到他們的意見或者建議，除非你非要他表示意見不可。在第二期的同學裡介塵是一個，扶錞也不例外。

戴了一副四、五百度的近視眼鏡，看起來他只要聽別人的話，看別人的書，自己卻沉默以對。有時候使我們有點妒忌，因為在文學上他只是收受，極少「給與」。

實際上他在一九五一年就曾在《自立晚報》發表第一篇作品〈爬過那個山頭〉，那時第一期的小說組還未誕生。經過小說組的洗禮，他開始大量翻譯小說，漸漸的由一年一本，變成一年三、四本，以他越來越多的翻譯經驗，譯出越來越多可讀性很高的作品，在大家忙於創作的時候，他還是繼續他的翻譯工作，樂此不疲，從他給香港真理學會第一次翻譯《靈魂的私語》開始，他的譯作不斷，在不再擔任《中華文藝》月刊的主編而專心譯著後，他理所當然地得了第十二屆翻譯文藝獎。

小說組當初創設的原意，是希望大家為這個大時代多盡一些社會責任：多寫一些對國家、對這個社會有益的小說。但是把好的外國作品，包括小說、傳記等等介紹進國內，也是很重要的貢獻。在某些情況下，使國內的小說創作界瞭解並也能寫出具有國際水準的作品，也是一樣的對國家社會的貢獻。因此他戴著很深的近視眼鏡，不多講話，埋頭翻譯。因為言語是銀，沉默是金。

蔡文甫

筆名丁玉等，籍貫江蘇鹽城，一九二六年生。曾任汐止國中教師兼教務主任，主編《中華副刊》。創辦九歌、健行、天培、九歌文教基金會。曾獲中國文藝協會榮譽文藝獎章等。著有小說、傳記、兒童文學等多種。

現在大家都知道九歌的老闆是誰，而忽略了他在小說寫作上的成就。其實，他在進小說研究組前，已經在《中華日報》副刊發表第一篇作品。經過小說組的冶鍊，他的作品更加引人注意。他對小說中人物心理的鋪陳非常拿手。最使我印象深刻的是他在《文學雜誌》裡發表的那篇〈小飯店裡的故事〉那個短篇小說。特別是在結尾的時候，那一小段那個丈夫的心理描寫，簡短、有力、使人深沉的反思，而突出了所有布局的光芒。而我則與有榮焉，因為正好我也有一個短篇被劉守宜拿去在這一期刊出，得以很從容而仔細的看了他的那篇小說。

他小說創作的起步既早，又經過小說研究組與參與中華文藝函授學校及報紙副刊編輯等等每天耳聞目睹許多來稿的洗禮，所以從《解凍的時候》開始，他的小說集一本一本的出版，是小說組同學裡少數出版最多小說集的，也為小說組增光不少。

文甫的家就在我家附近，又常常在國父紀念館的晨運時不期而遇，加上小說組同學經常聚會，所以我們就自然比與其他同學的交往略多。因此知道他不時拿這個獎或那個獎，就不十分驚訝了。

盧克彰

筆名石遺，籍貫浙江諸暨，一九二〇年生，一九七六年辭世，享年五十六歲。中央軍校十六期畢業。曾任軍職、警界。與蔡文甫、楚茹等主持中華文藝函授學校。主編《文壇》兩年。曾獲國軍金像獎。著有散文、小說等多種。

戴一副玳瑁邊近視眼鏡，講話也不多的克彰，是第二期小說組同學中小說寫作最多者之一。我不說最多，是因為現在還有多位同學健在。他們尚未論定。在他五十六年的生命中，他出版了二十六本文藝作品，其中長篇小說十七部，中篇小說兩集，短篇小說四集，以及散文三集。他與文甫、楚茹等接辦過中華文藝函授學校，主編過《文壇》，可說縱橫天下，所向披靡。但是基本上，他在小說組的地位，是小說大王，產量之豐富，同學間少可比擬，只有文甫的產量尚可與他一搏。小說組的其他同學都是業餘，只有他是職業作家，專業寫作。

有幾年他突然跑到花蓮山區去做墾荒工作，整整五年，一切都親自操勞，在一個與以往完全不同的環境裡面對孤獨。那不是我們這樣的凡夫俗子可以經得起考驗的地方，但是他去了，雖然別人認為他沒有必要這樣做，雖然有人說他是因為受了極大的刺激而毅然面對孤獨。但是他從不跟人解說，別人也不敢再問。我想也許這是一種勵志哲學吧？因為我們這一代的人，大家都耳熟能詳「天之將降大任於斯人也，必先苦其心志，勞其筋骨，以增益其所不能。」的明哲古訓，而使他決心面壁多年？因為他不說，所以大家還並不知道為什麼，但是，他留下的作品，足夠我們去體會，去想像。

小說組裡還有很多的同學，都在小說寫作上很有成就，例如第一期中專攻福爾摩斯探案的程盤銘，寫「唐代傳奇研究」的劉瑛，因長篇小說〈歸隊〉而名噪一時的依洛，第二期中劉非烈、舒暢與段彩華等，則大家都耳熟能詳，毋需我多做介紹。

結語

師父領進門，修行在個人

小說組的舉辦，到底對我們這些去研習的人產生了什麼影響？這個問題的答案是見仁見智。仁者樂山，智者樂水。以我個人而言，它給了我終生享受，並據以應用的智慧之鑰。同學之間的無間相處固不待言，而進入腦海的各位講座的各種醍醐灌頂之言，有時也許僅僅就是這一點，就會舉一反三，觸類旁通而啟發靈感；或以之為原則而成為萬靈之藥。要說以全部只有半年的時間就能讓一個人從完全門外漢因此變成大作家，這是癡人說夢。但是師父領進門，修行在個人。我覺得這半年——應該

小說組部分一、二期同學合影。立者第一排右一為師範、右二為水束文、右五為楚茹；次排左一為楊思諶。

說是十個月的學習，至少對我來說，所以非常有用，是因為這些提示，能結合自己原有的寫作經驗與寫作思維，得到認同或啟發，而進一步確定自己的寫作原則與思維導向，或者進一步啟發更深一層的哲學思想而尋求更深層的寫作技巧，都是我一直盼望而終於獲得的寶藏。我極珍惜，更會善加運用。

二〇〇八年十一月十二日深夜於北市寓所

二〇〇九年三月文訊月刊第二八一期

當我們同在一起

從與他們的相處裡，我真正知道了人生在世，所學何事：正正當當的活，規規矩矩的做，做你該做的事，盡你的心，盡你的力，為這個永遠不會達到完美的世界，使它盡量完美一點。

黃楊來電話，辛魚走了。他這陣子身體不太好，但從沒想到過他會這樣快跟我們告別。相反的，魯鈍的身體一向硬朗，但幾個月前他突然辭世，更使我不敢相信。但是事實就這樣。於是，我才傻傻的大夢初醒，驀然驚覺這五個人裡最小的我，也已八十好幾，他們都已福壽雙全，我不應遺憾。

金文、魯鈍、辛魚、黃楊與我，都是台糖的職員，都在總公司服務。我們原來並不在同一個部門，他們是台灣光復後不久，就被分別自國內借調或選派來台糖經濟研究室的編輯組工作，金文是組長，都在四樓。我則遲至一九四七年六月剛出校門，參加行政院資源委員會（等於現在的經濟部）的光復地區國營事業員工甄選而被錄用，七月就從上海搭乘台安輪來台灣向台糖報到，並以甲種實習員任用，派在一樓的營運專員室服務。當時台糖在全省各地分支機構很多，全公司員工有兩萬三千多人，總公司部分就有三百多人，所以開始時我們並不相識。

編輯組的工作中，有一項是編輯一本每十天出版一次的《台糖通訊》旬刊，用以報導公司政令、各廠生產動態、人事異動與員工生活花絮等溝通交流的內部刊物。在交通、資訊並不發達的年代，對公司與員工、與其眷屬間的感情聯繫，有不可磨滅的貢獻，落實了「台糖一家」的目標，使公司與員工打成一片。然後《台糖通訊》增闢文藝副刊，向公司內外徵文，我投稿〈與我同在〉小說入選，自一九四九年十二月起連載，承金文約見鼓勵，也同時認識了魯鈍、辛魚與黃楊。後來我繼續投稿，多承刊用，金文並邀我至編輯組共同工作。但因當時正值台糖各廠開工製糖，我的工作非常忙碌。等到當年製糖期終了，我才

《野風》創刊號封面。

向服務部門的主管請求調任獲准，而在一九五〇年七月一日起到編輯組服務，開始了與他們四人長達三年，包括共同創辦《野風》半月刊在內，朝夕與共，同甘共苦的美好時光。

因此，對我來講，生命是這樣開始成長的，人格是這樣開始養成的。那些美好的日子雖不再來，但是那些難忘的記憶永不過去：當我們同在一起。

金文（一九一七～）

本名孫鐵齋，浙江杭州人，日本慶應大學政經系畢業，曾任台糖公司編輯組長、農業經濟組長、徵信新聞駐日特派員、韓戰時在日、韓兩國悾傯戰地採訪，極負盛名。譯有《秋葉樓的故事》等名著多種。

自從我第一次投稿《台糖通訊》就承錄用後，在金文的鼓勵下我繼續努力，而屢承刊出，至為感激。但那些都是以第一人稱寫的，開始想試以第三人稱來寫寫看。有一天我看到錢鍾書的《圍城》，對這種半嘲諷體的第三人稱寫法很羨慕，就蒐集材料以第三人稱試寫了一篇小說〈順水人情〉向《台糖通訊》投稿。不久之後，金文打電話給我，要我去一下四樓。我自以為又獲錄用，開心的到四樓去。但是我遠遠的就看見金文站在編輯組的門外，就說：

「孫組長早。」

「早。」他平淡的回應了我的問候，向我走了過來。

「這篇東西你從哪裡抄來的？」他沒了以往的笑容，低低的說：「這不是你一個二十剛出頭的人寫得出來的。——年輕人有自己的前途，不要毀了自己。」

我被打了一記悶棍。半晌，我才回過神來。

「當然是我自己寫的。」我壓抑著內心的委屈：「自從你錄用了我的第一篇投稿，我已做了過河卒子，只有拚命向前。」然後，我告訴他寫這篇小說的前因後果、動機、內容的蒐集，包括從那些長官們在工作之餘茶飯之間對往事的敘述等等的經驗之談，與當時從重慶坐招商局的輪船順流而下的幾天裡所見所聞，經我剪裁後的呈現等等，和盤托出我的寫作經過。

「不是抄的就好。」他仔細的聽完我的話，沒加任何評論，說：「你先回去吧。」

過了幾天，他又打電話來，要我再去他的辦公室。

「〈順水人情〉確定在下個月《台糖通訊》的六卷十六期起連載，」他以在辦公室一般的口吻，大家都聽得到的聲音，跟我說：「坦白說，我原來不相信這是你自己寫出來的，原因是，這篇東西裡有著深深的世態，要有相當閱歷的人才寫得出來。老實告訴你，我先去圖書館把《圍城》借來看過，再照你說的向公司裡那兩位長官求證確有其事。這證明你已能運用適當的材料去創造人物。」因此，他以辦公室裡大家都能聽清楚的聲音向我說：「我為上次對你的態度向你道歉。」

他就是這樣一個心直口快，是非分明，但是盡量不在許多人面前數落你的人。在我迄今幾十年的社會經驗中，這樣的人，而且是上司，實在不多。我何其有幸，能有三年的時間與他共處，學到很多使我成長的東西。

在籌創《野風》時，他更展現了他運籌帷幄，決勝千里的才能，使《野風》的出版許可從原已被台北市警察局擱置的情況下，轉輾向上發展到行政院院會時，由當時的內政部長余井塘先生認可而終於拿到登記證，如期創刊發行。他正直、敢言，但是處事細膩，恆久忍耐，也只有他才能擔任《野風》的社長。只有他，才能想出以一篇小說作為《野風》的代發刊詞，囑我擬出初稿由大家決審刊出，而凸顯《野風》「創造新文藝」的表之於外的一面。而在審查來稿時，則永遠是最後一個看。表面的理由是他有行政工作請大家先看，而實際上是在多數決定的情形下，可以讓我們四個人作更仔細的推敲評審，以免遺漏了佳作，使應當出頭的人不被埋沒，來發掘更多的新作家。但是，他從不迴避任何問題，包括最後我們決定一致退出《野風》，因為，我們五人中沒有任何人可以有權阻擋他人留下，也無人有這樣的想法。但是最後我們五人一致退出，無人留下：因為我們有金文，他的眼光遠大。

由於他出身自知名的日本專出財經人才的慶應大學，我們一致退出《野風》後不久，金文就奉調台糖最負重任的農業經濟組組長，負責台糖自營農場的經營管理與促進蔗農利益。但是因為韓戰爆發，他馬上被《徵信新聞報》的社長余紀忠向台糖「強借」至《徵信新聞報》派往日本擔任駐日特派員，在日韓兩地倥傯戰地採訪，與當時中央社的黃天才、《聯合報》的司馬桑敦，同為名聞全國的三劍客，縱橫前線，名噪天下。

但是，在任何情形下，他的業餘嗜好還是文學，尤其對日本文學，特具慧眼。在我們共創《野風》時，他撰寫也譯述了很多韓戰期間的報導文學。他也譯述日本名作家菊池寬、久米正雄等人的作品，並且一口氣把久米正雄的《秋葉樓的故事》譯出後出版單行本。每一、兩週他都有日本近況的專題報導在《徵信新聞報》刊出，並且出版專著。現在他以九十以上的高齡，仍大量翻譯日本文學界許多知名的作品，包括日本新一代的推理偵探小說在內，最近還在大陸出版了一本新的譯作。這可以用一句非常恰當的話來詮釋他：老當益壯。

現在他一年中半年住美國，半年住杭州，我們之間一直有很密切的聯繫。我去美國或大陸，一定去看他，他返台或經過台灣，也一定通知我們。因為，他是最使我感恩的上司，也是我最敬佩的長者。

魯鈍（一九一九～二〇〇八）

本名俞仰賢，浙江蕭山人，南京中央大學經濟系畢業，曾任台糖公司編輯組長、商情組長、外貿協會行政管理處長，著有《月落烏啼》、《逆流》等小說及譯作多種。

我進編輯組的時候，他已經是經濟研究室的研究員兼編《台糖通訊》中有關糖業經濟的資訊，也經常在《台糖通訊》上提供東南亞、非洲等各國糖業發展的趨勢。我們共創《野風》後，為《野風》撰稿變成他最大的業餘興趣。他為《野風》撰寫，也翻譯了很多小說。包括他一篇接一篇冷嘲熱諷的魯迅風格的小說，以他冷靜、但是非常敏銳的觀點，猛烈的刺進年輕知識分子的心裡。

一九九八年師大國文研究所林佳惠的碩士論文《野風文藝雜誌研究》中，把魯鈍在《野風》上發表過的作品，給予很高的評價，與我們對他作品的看法不謀而合。她認為魯鈍的作品多樣，親情、愛情，「但是最精采的，是以諷刺的手法寫出他對時代、社會的觀察與感想。」是很中肯的評價。在我們主持的四十期《野風》裡，他就為《野風》寫了九篇小說，四篇譯作，一篇國外風光報導。（林佳惠的論文中說他為《野風》寫了七篇小說，是僅指他用魯鈍的筆名而言，實際包括其他筆名，應該是九篇。）從他的創作裡，我們看到了他的思想，其中尤以〈失題〉、〈逆流〉、〈洋狀元〉等幾篇為最，深植人心，使人久久不能忘記。這幾篇分別以類似精神病患者的囈語、小人得志的猖狂、以及賣野人頭式的招搖撞騙等，襯托出時代中黑暗面的無奈，十足的表達了另種傷痕文學沉重的負擔。這些傷痕文學在對岸要再過二、三十年才慢慢釋出，而魯鈍卻在這之前二、三十年就寫出來了。他是一個有思想的作家，他用他文學的心，表達出他對這個社會、這個國家的熱愛。

在分工上，魯鈍還兼任《野風》讀者服務部的工作，其中有一項服務是以一輛三輪車改裝成一個流動圖書館，雇一名人員每天循固定的路線為讀者服務，出借中外名著文學作品，為《野風》的讀者在流動圖書館所經之處，辦理借閱、還書等手續。有一天那個雇工因病不能出勤，他就向台糖請了一天假，自己踩著三輪車沿既定路線為《野風》讀者服務。「無信不立」，他說：「對讀者要有信用。」

《野風》舉辦文會，他的致詞簡短、有力、意義深遠。「沒有台灣，就沒有自由中國。」他說：「《野風》的理想是為這個大前提而努力，在方式上或略與他人不同，但目的是一致的。」

他就是這樣一個人。既然要參與一件事，就全心全力去為這件事努力。不談身分，沒有高低。反之，既然放下，就完全放下。

《野風》在四十期後交棒時，他徹底的交出一切：絕不再涉入其中，雖然在田湜的要求下，他不得不為田湜主持下的《野風》再寫了幾篇小說，但是人情之後，就完全放手。

金文離開編輯組後，組長的職位很自然的就落在他的肩上。但是韓戰後不久，台灣的經濟開始起飛，他很快的被業務部門拉去幫忙，擔任商情部門的主管，但是席不暇暖，之後又被外貿協會借調擔任主管對外貿易服務，常年在國外參加企業產品展覽館的工作，對促進台灣產品的外銷，負起了重責大任。也因此，我們這群五〇年代的朋友，也只能在逢年過節他返國時匆匆歡聚。那次在他家，我們這幾個人享受了他的名酒佳肴之後，在他家的客廳裡東談西扯，很自然的談到《野風》。

「當時要是你接下來，今天不是在我這個小客廳裡見面，」他突然坐正了對我說：「而是在你出版公司的大樓裡，發行人的大辦公室裡把酒言歡暢敘。」他說：「你當初應該接下來。——我們是不得已：家有妻小。」當年毅然的放下一切，原來如此。

原來他的內心從未放下文學，原來我們大家都從未放下文學。

「也說不定你們是來探監。」我笑著說：「美好的一仗已打過。你還要什麼？」

大家都笑了起來。真的，美好的一仗我們已打過，我們大家都已不再需要什麼。何況，我們已擁有那份美好的記憶。

辛魚（一九二二～二〇〇八）

本名邢鴻乾，廣東揭陽人，廣州中山大學文學系畢業，曾任台糖公司蔗農服務組長，經濟部《今日經濟》主編。著有《擷星錄》、《辛魚詩選》等詩集，攝影集《野生動物》，及小說、散文等多篇。

在編輯組，《台糖通訊》裡有關編排、攝影與蔗農服務方面的報導，原來就由辛魚負責，所以《野風》創刊後，有關版面設計、編排與讀、作者之間的聯繫溝通，就很自然的請辛魚負責，主要是因為他本身對攝影不但愛好，而且有深刻的研究，觸類旁通，進而以美學的尺度設計版面的編排，駕輕就熟。

在他的策畫下，我們主編的四十期《野風》裡，在經常性的徵稿外，還舉辦了六次不同主題的徵文，而得到許多不是通常性徵稿所能得到的佳作，對《野風》水準的提升作出絕對的貢獻。我們也在逢年過節有意義的日子裡，以插頁的方式加附新年、聖誕、週年紀念等等的特價訂閱促銷活動。我們也在《野風》週年的時候，利用休刊一個月（兩期）的時間來徵求讀者對改進《野風》的意見，並且遵照讀者的意見增加篇幅、增加長篇連載等等進一步充實內容的措施，我們也舉辦以文會友以進一步與讀者打成一片等等，都是由辛魚籌畫擔綱大家通過辦理。至於對版面推陳出新卻萬變不離其宗的作為，也都是由辛魚提出構想而付諸實施的好主意。此外，他還為作者們設計出不同需求的稿紙，由服務部以成本廉價供售，例如詩稿每行字數較少，行數也沒小說創作稿多；學生及青少年用的稿紙也較為精短，以符合初習寫作者的需要。總之，他是個很能設身處地為讀者設想的編者，像他在《台糖通訊》裡為蔗農的需要設身處地的去設想一樣。

這些才能對他來講，還是小事一樁。凡是看過他文章底稿的人，沒有人不對他一手的好字讚嘆，而且當年是用鋼筆書寫的字。中國字要用毛筆來揮灑才能看到它的功力，但是鋼筆替代毛筆後，仍能剛勁雄健的表達出中國字原來精神的極為少見，但是辛魚就能。這些年來與黃楊在電話中，我仍常常談到辛魚的字不得了。黃楊說：「他的字可寫得真好。」我笑著說：「早知道這樣，我在進編輯組前沒有先把字練好，真是失策。」

但是，比起他的作品來，這些都變成小事了。他寫了很多長長短短的作品。就以在我們主持的四十期《野風》裡來說，他就發表了六篇小說，一篇散文，四篇文藝評論，以及最重要的十四首長短不一的詩。他有詩人的秉賦，因為他的詩作幾乎都是散文式的。林佳惠碩士論文中評論說他慣用口語、白話的文字來描敘，或以淺顯的白話來抒發，都是他擅長的手法：平易、近人，像一個老朋友似的，與你秉燭夜遊，無話不談。藍星詩社就曾出版了他的詩集《擷星錄》，都是從他擅長的風格中選出來的。當年鍾鼎文曾約他選了一輯詩選列入他主編的《自由中國詩選》，後來這個詩選因為沒有財源而沒有出版。此外，他對攝影有很高的造詣，所以他曾應文星書店之邀，拍攝了許多野生動物的生態照片，出版了一本《野生動物》，極受好評。

辛魚與黃楊相愛多年，《野風》交棒後，他們就結了婚。正好當時台糖總公司南遷，辛魚升任蔗農服務組長，主持《蔗報》半月刊的工作。在這期間，他又協助劉非烈，為他安排為台糖撰寫舞台劇的劇本。不久，他又被借調至經濟部主編《今日經濟》月刊，聲譽極高，深為上級器重。台糖退休後，他先後又被星光出版社、《中國時報•副刊》、聯經出版社、外貿協會等各機構邀聘工作，最後在一九九三年任職理律法律事務所任內第二度退休。

我們彼此一直分享著別後時光。每隔一小段時間，包括金文與魯鈍返台時的約聚，五個人談笑如故，共話當年，當然也談分道揚鑣後彼此的情況。現在盛況雖然不再，但是記憶猶新：當我們同在一起。

黃楊（一九二六～）

本名楊蓮，上海市人，上海震旦女子文理學院外文系畢業，曾任台糖公司研究員，北斗中學、虎尾女中、台北市第一女中英文教員，譯有《約翰·克利斯朵夫》、《上帝，我為什麼沒有孩子》等小說多種。

在編輯組，她跟魯鈍一樣是研究員，負責蒐集、提供國際糖情中特別是歐洲與南美等地區的資料，因為這個震旦出身的才女，對英文、法文與西班牙文的造詣都是一流。《野風》初創時，我們有「國外風光」與「婦女家庭」專欄，都是由她負責，而使《野風》一開始就較其他文藝雜誌吸引了更多的讀者。《野風》自第五期開始，漸漸向純文藝的方向調整，她譯述的文藝創作吸引了有眼光的讀者群。她在《野風》第五期上，從《星期六晚郵報》上譯出有名的〈罪與愛〉中篇小說，連載三期，展露出她在文學修養與譯筆上的驚人才華。

有一天下班後我去衡陽路準備搭公車回家，在第十信用合作社前的人行道上，已擺了一個地攤，販賣各種英文二手書。我突然發現一本美國口袋書公司的《約翰·克利斯多夫》英譯節本，顯然那是從當時駐台美軍顧問團那裡清出來的垃圾。我在來台灣前已在上海看過傅雷四厚冊的中文全譯本，對羅曼羅蘭這位二十世紀最有思想的大作家早已仰慕，但我從未看過任何其他版本的節譯本。於是我在翻閱了一陣子以後，就有了想法而買了回去。第二天見到黃楊，就把這本書交給她，同時也告訴其他三人，我說《野風》已出版了九期，馬上是第二卷開始了。我認為這個節譯本的內容、篇幅，非常適合《野風》連載，也只有這個節譯本基本上十足的保有原來全本的精神，又可符合《野風》每期可以連載二、三萬字的篇幅，所以建議請黃楊看過以後，如果認為值得，就譯出以饗讀者。大家一致通過，因為這本書要譯出來，只有這個才女才行，雖然已經是英譯的節譯本，可是如果對法文沒有根底，也是捉襟見肘。於是《約翰·克利斯多夫》在《野風》第十三期，也就是第二卷第一期起連載了整整一全卷十二期，也就是在第二十四期時，全文二十八萬字全部刊出，受到所有《野風》讀作者的熱烈歡迎，《野風》銷路大增。黃楊更加名滿天下，雖然我一直被她罵得要死，因為當時實在使這個才女日夜忙碌，寢食俱廢。後來這本書被台北市重慶南路上的「大中國圖書公司」以重金購買版權出版，暢銷全台。

黃楊與辛魚結婚後，因為礙於當時夫婦不可在同一機關服務的規定而辭離台糖，夫唱婦隨辛魚南遷，先在虎尾女中與北斗中學擔任英文教員。後來因辛魚被經濟部借調北上，她也向台北市第一女中求職擔任英文教員。當時校長江學珠看到是她讀過的《約翰・克利斯多夫》的譯者，就馬上請她擔任英文教員，一直到她在桃李滿天下的歲月時退休。

她與辛魚住到新店的花園新城。他們兩人都是虔誠的基督教徒，雖然他們事事低調，但是教友與主事們很快就知道了他們是誰。於是她又被委以重任，譯了一本《上帝，我為什麼沒有孩子》。原來只是給無兒女的教友們閱讀，以安慰他（她）們空虛的心靈。但是這本書卻不脛而走，深入各界，廣受歡迎。教會方面，當然更不會放過他們，因此他們只好負起編輯教會通訊的責任直到現在。

她的視力因閱讀、譯述、教職等等原因，現在已減退到幾乎視而不見，而只能辨識與書寫「大字報」。但是電話中依然敏銳而健談。最近因《文訊》代台灣文學館轉請提供魯鈍與辛魚的照片，我意外的收到了她大字寄來的信與照片。

魯生兄：

希望你認得我的字。我不是告訴過你們，我早已視而不見？寫字還可以，但全是Separate或overlap，反正什麼事都不能做了。我當時希望我先邢鴻乾走的，偏是留了我，事做不了，責任仍在，只是在等時間而已。

楊蓮上

我馬上打電話給她，告訴她收到她寄來的信與照片了。她仍是聲音宏亮而反應極快。我極高興。然後我笑著提起那年他們還沒結婚，大家燈下為《野風》看稿時，金文要辛魚先送她回去。辛魚回來後，金文一直笑著瞪著辛魚看，辛魚說：「她今天沒搽口紅。」

「我從來都不搽口紅的。」她在電話中說：「從來不搽。」

感恩的我（一九二七～）

至於我自己，簡單的說，乏善可陳。

我是五個人中最後一個進編輯組，也是最先被調離的。但是，在我們共事的年代，我剛出校門不久，能夠有機會與這樣的幾個人在一起，向他們學習，成為好朋友，無話不談的知己，說實話，要感謝他們對我的照顧與寬厚。因為我那時什麼都不懂。是他們讓我知道不出怨言，寬以待人，嚴于律己；這些無聲的忠告與勉勵，是我一生中最受惠的一個階段。如果今天我能略有長進，都是他們當年以身作則，為我奠下為人處世的基礎。而在對處理《野風》的各種事務上，養成了我們彼此充分的互信、互勉與密切的互助合作的精神，使我在以後迄今的幾十年裡享受無窮。因為從與他們的相處裡，我真正知道了人生在世，所學何事：正正當當的活，規規矩矩的做，做你該做的事，盡你的心，盡你的力，為這個永遠不會達到完美的世界，使它盡量完美一點。

所以，我感謝你們，你們這幾個從我們少年時代開始就相知的朋友。

因為，我們有緣，曾經同在一起。

二〇〇九年五月初稿，七月定稿

二〇〇九年十二月文訊月刊第二九〇期

後記

五〇年代台北美軍廣播電台裡有一個節目「Ebony & Ivory」，（國人簡稱其為《珍聞集錦》）內容是一則則有關名人們短小精彩、發人深省的慧語軼事，極受聽眾的喜愛與支持。紫檀與象牙固然都是珍貴的材質，但把這兩個字放在一起併用時，就變成「珠聯璧合，相互生輝」。因為以前製造鋼琴時，黑鍵是用紫檀刻製，而白鍵則以象牙雕成。

從這樣的瞭解出發，這本書裡所有的人物，他們一方面各有不同的成就，同時他們之間也是相濡以沫，相輔相乘（成）。小說組的講座們因為傾囊相授，才孕育出這群傑出的作家；而也因為有這群有慧根的高足，而能益彰講座們的博學精深。另一方面，一個有理想的雜誌能無私的提供有潛力的作家們以公平、足夠的空間去發揮，才能使作家們舖陳出最好的作品，不但使他們名揚天下，也越加寬深了雜誌的格局與令譽。因為在文學的鋼琴上，他們分別擔當了不同的琴鍵，而能演奏出非凡的樂章。

因此我必須特別要謝謝《文訊》，謝謝封社長這兩、三年來寬厚的提供這麼多的空間，讓我有機會把他們之所以能在文壇上大放異彩，受人尊敬的吉光片羽，提供同好們以為觀摩、比較，雖然我這支笨拙的筆只能有限的彰顯他們的光芒於萬一。因此對我而言，《文訊》與封社長是另一架鋼琴，但是更有容，更寬宏。所以這本書的序非她莫屬，如果我有幸能請她為《紫檀與象牙》作序的話。至於秀威為我出版這本書，我的感激自不在話下。與宋總經理政坤兄相知多年，一再承他協助許多事情，勉強可以不再多謝，但是秀威設計部張經理慧雯、出版部林經理世玲兩位小姐，在百忙中抽空為我規劃編印出書，設計部陳佩蓉小姐為這本書設計出最好的封面，都必需在此申謝。

二〇一〇年三月

附錄一

撕裂與創新——當野風吹過

——國立政治大學新聞研究所　碩士論文摘要

施君蘭

如果大選後，當下的社會是撕裂的，那麼在文風保守的五〇年代，也同樣有著文學的撕裂。五〇年代文壇曾吹起一陣風。對喜愛者而言，它如沐春風；對反對者而言，是邪門歪風。這股風吹進以反共文學為號召的環境，衝撞出新的文學能量。它清新，生嫩，但豪放不羈，大氣大志。它呼喊「創造新文藝，發掘新作家」的口號，引爆當年文壇一簇清泉；它生命十三年不長不短，但創造許多「台灣第一」。

它，是「野風」。

很少有雜誌像「野風」。它年代古老，精神卻年輕。也很少有編者像「野風」，身分保守，態度卻開放不羈。

它老，因為自民國三十九年創刊，現在轉眼已五十年。它年輕，因為它最令人印象深刻的封面，就是一個中學女生輕掩帽沿、裙擺隨風飄盪的畫面。而五位編者全是當年台糖公務員，端鐵飯碗，吃公家飯，身份再一般不過。但他們對投稿者不迎不拒，喊出「創造新文藝，發掘新作家」的開放大氣，當時無人能相提。

「野風」也創造許多當年第一。它第一個不用呆板文字，改用輕活的繪圖當封面；第一個直稱「不刊登八股口號文章」，只專注於純文藝；它第一個喊出「將缺點告訴我們，優點告訴別人」，這個耳熟能詳的行銷標語：它的銷售量從創刊兩、三千，直破七千大關，數字漂亮到能打翻一缸子的現代雜誌。

從創刊至民國五十二年停刊的十三年間，「野風」三度易手，但值得五十年後再三回味的，則是當年五位編者們匯集、發響，及當中的點點滴滴。

啓航

時間要回到五十四年前。民國卅九年十一月，冷冷的冬季。

台北市漢口街的台糖公司，在當時全台灣第一棟的四層新大樓裡邊，五個年輕人摩拳擦掌，興奮地看著自己掏錢編寫、鉛印付梓的小本雜誌。

小本雜誌個頭不大，厚度不到半公分，面積比口袋書寬一些。翻閱內容，有短篇小說，有散文，有新詩創作，還有譯作。闔上書皮，土耳其藍為底的封面，一名年輕女學生迎著風，雙手按著帽沿，裙擺與帽間彩帶隨藍天白雲微風輕盪。

封頁左上角，是反白的兩個大字——「野風」。

五個年輕台糖職員都用了筆名。打印在扉頁的「野風」編輯委員，是金文（孫鐵齋）、魯鈍（俞仰賢）、辛魚（刑鴻乾）、師範（施魯生），及唯一的女性黃楊（楊蓮）。平均年齡不過廿三、四歲，與現代大學生差不多。

版權頁煞有介事地刊登廣告及訂閱價目。零售一本三元，若訂閱半月刊「野風」，每月兩本合算六塊錢。支票開得很遠，要訂一整年的，也照價七十二元。

「就這樣試試看吧！」五人彼此相覷，誰也沒十足把握。

「不務正業」的公務員

廿歲出頭的五個年輕人，都是台糖經濟研究室編輯組職員，至今每月仍出刊的「台糖通訊」，開始就是他們負責。

金文年紀最大，擔任科長，自然當了頭，其他四人，辛魚懂寫新詩，師範早已是小說家，魯鈍擅長散文。黃楊則外文呱呱叫，翻譯外作多靠她。不敢誇言為文學家，五人自稱「文藝愛好者」，趣味相投，物以類聚。

五〇年代的文壇，有人稱「文學沙漠」，多是西方素材「橫的移植」；大多人則以「反共文學」一言以蔽之。

大陸來台作家經歷戰爭噩夢，最怕中共再犯。克服恐懼的情緒抒於文字，形成消滅共匪、反共抗俄的文學。

政府也大力促成。民國卅九年，責成立法院院長張道藩成立「中華文藝獎金委員會」，稍晚也成立「中國文藝協會」，鼓勵反共抗俄文藝創作。風行草偃，反共文藝儼成顯學。

同樣從流離中倖存，同樣吃過當年共產黨的虧。身任公職，他們反共抗俄的意識自不在話下。但現年七十八，屬五人中最「少年」的師範至今仍掛著一句話：「反共抗俄是一種生活意識型態，用不著搬上文學喊口號。」

魯鈍、黃楊也所見略同。上海震旦大學畢業的黃楊精通英法語，「紅樓夢」翻來覆去念了十八遍，偏好人情溫馨的文章。「文字要軟一點，有趣一點，反共文章誰喜歡？」

既然有志一同，每個人也都有「生產力」．「五人小組」於焉成形。一本純文藝、不標口號、易讀好懂、去掉八股形式的雜誌，「野風」應運而生。

迫不及待抒發文學的熱情，從創刊的第一篇就開始「搞純文藝」。「野風」的發刊詞，是一篇短篇小說「任務」。描寫一艘在大海中進行的登陸艇，接到任務時卻遇上大霧。千鈞一髮之際，一陣大風吹散了濃霧，讓士兵得以完成使命。

……在太陽剛升起的時候，它已在戰士的歡呼中光榮的完成了它神聖的任務。它第二次歸航了，艦長注視著這艘軍艦那更為破碎的外衣，不覺略帶回憶的意識想道：『假如沒有這陣風，我們現在又是什麼樣的情形呢？』

這是小說的最後一段，就此打住。

風吹散了什麼濃霧？是怎樣的一陣風？

讀者趙馳雲表示：「在台灣這樣枯乏的文藝叢林裡，乍然飄來這一陣『野風』，給予人們一種意想不到的涼爽和愉快。」署名「老農」的評論者，也在中央日報副刊「對野風的評價」一文中表示：「野風第一期代發刊詞的『任務』，就隱隱約約地顯示出了她自己應走的路線。」

作家應鳳凰則認為，這樣「文學」的行為，正恰如其份道出「野風」的思想與作法：身體力行，不喊口號。

榮景

前幾期市場反應大好，「野風」印刷期期追加，從開始的兩千、三千，至隔年出刊時，已加印到五千本，全盛時期，還一度達七千多份。

對照近年台灣書籍雜誌市場的節節消退，一期雜誌要賣到三五千絕非易事。五〇年代國枯民窮，因財源萎靡而停辦者不計其數。

「野風」卻身手矯健。應平書在民國七十六年的中華副刊上表示，「野風」不但暢銷，也「真正在文壇上掀起了一陣強風」。

「野風」的讀者群，也很快遍及各個社會角落。

大學生與中學生最多。當時許多北一女的學生，每月就巴望著出刊。零用錢不夠，就兩三人湊著買，事實上，「野風」封面的女生，就是擬著北一女中的制服畫出來的。

為了買一本雜誌，許多人「節衣縮食」。當時軍中一個月薪餉不到廿元，「野風」怎麼算，都是奢侈品。

當年在台東當兵的龍文烈，把買鞋的錢挪出一部分買「野風」。高中生沒有閒錢，投書到「野風」：「這些錢都是由副食費省下來的。」一心比豆腐軟的黃楊，一看就掉了淚，特別回書千謝萬謝。

外島也十分暢銷。發刊不過兩個月，澎湖讀者黃守誠特別捎信表示，「野風」在澎湖的銷路，已是所有雜誌之冠。

心中永遠有讀者

很久一段時間，業界流行一句話：「把優點告訴別人，把缺點告訴我們。」首度引用這句「台詞」的，就是「野風」。

「野風」第二期就開闢「讀者專欄」，讚揚文字所在多有，批評文字也來函照登。不但投稿者眾，「野風」也受到讀者嚴厲的監督，讀者發現錯誤毫不留情指正，一點面子都不給。

第四期，作者李莎一稿兩投的新詩「夜鶯．琴聲」獲登。雖隔兩期編輯群自動發現。立刻道歉，讀者仍大加撻伐。一署名汪衍生的讀者很不客氣：「……如果這些誤會再繼續存在發展，我想彼此都是不必要的。」

讀者有嚴有寬，但都是一番好意，評論人方秉在民國四十年的「公論報」上認為，雖然它還未盡理想，也為其生存捏把冷汗，但還是祝「野風」「好自為之，你們是不會孤獨的。」

邀稿有「四不」，文風有「三項堅持」

不邀稿、不徇私、不論名聲、稿子不好就退掉，「野風」的審稿態度很強硬。

審一篇稿，五個人都得看，來稿先蓋上一張白紙封頁，五個人輪流傳閱，看過的，就在封頁上批「可」或「否」，然後簽上名字，一篇稿子至少要三人允許，才得刊登。沒過的，不講情面，一律打回票。

「我們就這股硬脾氣。」辛魚大聲地說。

看稿依個人所長分工。辛魚看詩，師範專攻小說，魯鈍和黃楊自然負責散文及譯作。金文的責任是一旦起爭執，他先「袖手旁觀」，看大夥兒能吵出什麼定見。

因鐵面無私，無心退了不少名家作品，但也「挖」到明日之星。艾雯、於梨華、朱西甯的作品，都被退過。

把關把得嚴，真正有實力的人得以出頭。面對好作品，「野風」不二話大力提攜。

鄭愁予、劉非烈、楚卿、張漱菡、郭楓……等人，有的當時已略有文名，有的還在起步階段，「野風」提供了新人發表的園地，曾被退稿的於梨華，後來也躋身名家；另一名作家傅孝先，發跡時還是台大學生，散文作家丹扉，最早的作品不是雜文，而是登在「野風」上的一首詩。

女作家郭良蕙當年一篇「陋巷群雛」，獲得「五個燈」，五名編輯一致通過採用，「這在野風編委會來說，非常罕見。」師範回憶。

當時青年作品若有幸上「野風」，形同鍍金，一名讀者秋明這樣形容：「無論如何，只要能在野風上發表一篇文章，一登龍門，身價何止百倍！」

對於「野風」，師範有很堅定的主張：「文學應該要反映現實，塑造理想，要去『改』，用文學作社會改革。」但「反共抗俄是生活意識，不用喊出來。」面對文學，他很清楚真實描述悲慘的共產生活，與張大嘴巴喊中華民國萬歲的差別。

「野風」的徵文條件很簡單。第一，真情畢露，足以打動讀者心弦；第二，輕鬆流利，富有啟示性。文章長短不拘，但「內容須以反映社會現實為前提。」

青年人新地，執政者眼中釘

對初學寫作者來說，「野風」的「青年園地」提供了一塊新地。

正因為標明開放給愛好文藝的青年，錄用名不見經傳的年輕佳作。師範自稱是「不成熟的作品」，辛魚則認為「水準不頂高，但正是我們的特色。」

只要熱愛文藝，人人都可提筆。「野風」表明，凡「學校學生、工廠學徒、商店店員、部隊戰士或初進社會的職業青年」，只要能將自己的生活、學習或工作經驗以千字寫出，一律歡迎。

但在號稱「白色恐怖」的五〇年代，青年的文學發展也受政治約束。民國四十一年，桃園縣立楊梅國中校長張芳杰，發給各雜誌社一份通知：

本校為取締學生非法投稿起見，如有本校學生投稿貴刊時，特請貴社查明有否本校訓導處檢閱之章。若無訓導處檢閱蓋章之稿，請送回本校訓導處，是為公便。

「野風」編輯收到通知，大為光火。當期即以「為寫作自由被剝奪的學生伸冤」為題，指稱張芳杰的作法簡直「無奇不有」，還批評：「此校長必定是希勒特時代專攻納粹法的留學生才會把『非法』、『取締』等字眼摜在中學生身上！」

除了文學理想，「野風」堅持「絕對不能脫期」。當時其他雜誌雖多，但停的停，倒的倒，能活過三五年的屈指可數。同為文藝雜誌，「寶島文藝」只出了十二期。「半月文藝」撐了六年，但都沒有「野風」十三年來得久。此外，許多刊物出刊不定期，讀者根本無法培養購買習慣。

身為當時民間唯一的，以純文藝為主、定期出刊的雜誌，「野風」讓讀者有合理的期待，也有了掏錢訂閱、習慣留三塊錢給「野風」的理由。

「樹大招風」惹陰影

發刊一年餘，「野風」的銷售量很快由起頭的兩三千，躍過五千門檻，直逼七千大關。根據「野風」自行統計，創刊至第廿期為止，固定撰文投稿的野風作家群，就有三百廿餘人。無論作家或讀者，通稱「文友」。「文友」的權力很大，他們投書監督雜誌風格走向，提出讚美批評，也常為文論辯某篇文章的觀點，儼然成為雜誌社的「最高領導」。

因應文友需要，「野風」在民國四十年九月底，發刊滿週年前，舉辦「以文會友」活動。第一次辦大活動，五人都戰戰兢兢。一怕辦不好，二怕人太少。當初打的如意算盤是，報名一個月，屆時隨機應變。

想不到回應超乎想像。不到一個月，報名人數已超過三百五十餘，還有怕來不及的，直呼延長報名時間。「接信接到手軟。」金文也意外得很。

根據第一次文友會統計，野風的固定文友有四一九名。其中軍人二一七名，人數最多；其次是學生、公務員、自由業，還有兩名僧侶。

因為活動盛況空前，也引起政府注意，認為「號召力太大，有問題」。

明眼人都知道，「野風」沒什麼好查。但在敏感年代，「人多」總讓為政者不安。四十年九月活動結束後，金文、魯鈍和師範陸續受到保安司令部的「關愛眼神」，平添困擾。

與政府扞格，當然非本意。於是，隔年五月刊登了「取消以文會友啟事」，文稱：「……本社絕無亦從未有藉此作任何其它活動之意向，為避免引起外界的誤會起見，決自即日起取消以文會友。」

誤會是什麼？啟事裡並沒有說。但套辛魚一句話：「總而言之，就是『樹大招風』。」

最有名的抄襲

還在為「以文為友」傷腦筋期間，「野風」發生了幾起抄襲事件。

楊海宴與思桅兩作者的抄襲風波，堪稱「野風」抄襲事件的「代表作」。兩人態度前者倨、後者恭，「野風」的對待也大不相同。

民國四十一年第廿八期的「野風」裡，讀者王自強表示，作者思桅在廿五期作品「再生的信心」中，有一段直接引用福樓拜原著「情感教育」的重點文句。雖只幾十字，但他堅持「作者引用時一定要註明。」

思桅很快回應讀者，自責犯了無心之過，對這幾十個字，他說：「我感到非常遺憾，我不原諒自己，但也不責怪自己，因為我沒有醜惡的剽竊居心。」但基於良心，他誠懇地向「野風」讀者致歉。

「野風」也很真誠，表示願意相信思桅。「知過必改，勇於自責的人，我們仍願與他為友。」編者如是回應。

同是抄襲，楊海宴的「下場」就沒那麼好。

先是讀者崔樹仁投書，指明楊海宴在第廿四期「青年園地」的文章，原文出於香港「傳奇副刊」。楊海宴不過改了題目，再將主角更名，其餘隻字未動。信中還附上親自剪下的香港報紙。

「野風」查證屬實，但仍給楊海宴說明的機會。

楊海宴說，當時投稿並未註明是青年園地，是編者未徵求同意擅自刊出。他回文痛批：「你此種措施，不但越俎代庖，而且是有意侮辱人，惡意打擊，不但失去編者立場，也不夠一個文化工作者的態度。」

但同時另一名讀者袁繩武則跳出來，指責楊海宴根本是個「累犯」，指證歷歷。

面對楊海宴的狡辯，「野風」的回應很簡單：「我們實在也不想再說什麼了。」

楊海宴是軍中作家，「野風」拒於門外，多少得罪了以「愛國反共」為名的人士。加上不認同口號文學，護衛反共文藝者自群起攻之。

民國四十一年三至五月，「新文藝月刊」刊登了一連串攻訐「野風」的文字。

首先發難的是路丁。他發文指責「野風」「名不正，言不順」，以創造新文藝、發掘新作家的招牌來「掛羊頭，賣狗肉」，實是誤人進入「黑甜之鄉」的商品。

朱西甯則嚴詞批評「野風」的內容「油頭粉面」，說裡邊「俯拾皆是都市的罪惡豪華，買辦文明的炫耀，小市民寒酸的虛榮，世紀末的頹廢狂癲。」

外邊吵得熱，「野風」只淡淡表示：「不管批評也好，毀謗也好，我們都願意虛心接納。我們只問耕耘，從不為自己預計什麼收穫。」

停刊深水炸彈

然而，「以文會友」後，「野風」的日子就不大好過。

對前來的「長官」，魯鈍向來認為是「政府的好意」，沒有埋怨的意思。來的長官大多也僅隨處晃晃，攀談兩句就走。

自認行正坐直，但魯鈍還是很小心。「當時怕什麼？最怕家人突然不見啦！」

不過，他還算看得開。「他們過來，總比把你請過去來得強。」他聳聳肩。

「野風」業務拓開後，當時「青年園地」的稿慢慢交給另一位新聘助理編輯金家璧，五人少再過問。

哪知道，自己沒盯著，就出了大問題。

某期的青年園地，登了一篇「兩封信」。內容就是兩封信，一封是在前線外島的士兵寫給母親，說身在前線，遙望大陸心繫家鄉，但孤寂恐懼交集難忍。另一封則是母親回信給兒子，咒罵戰爭真是萬惡，弄得母子拆散無法團聚，讓作母親的終日倚閭相望……。

思親之情很正常，誰也沒放在心上。

一天，金文接到警備總司令部的電話，只聽到一個指令：「政治部王超凡主任要見你，你過來。」

金文一頭霧水，哪敢怠慢，立刻到總司令部報到。

進了辦公室，金文才一屁股坐下，王超凡劈頭就是一句：「孫先生（金文本姓），我對你的背景已經調查得非常清楚，沒有問題。」他揚著頭，一字一句，斬釘截鐵，連客套話都免了。

「不過，你自己看看，」他亮出手上的「野風」，翻出的正是〈兩封信〉：「現在正在徵兵時期，這篇文章是否妥當？你自己說吧！」

金文接過來，放在膝頭上瞄了兩眼。低頭自言自語，輕輕說了聲：「……是有點不妥當。」一人在屋簷下，那需要真翻？

王超凡見狀，不讓金文再開口，二話不說，極其乾脆地說：「那好！既然你承認不妥當，這次我可以原諒你，下次可不能再犯。」手一揮，直截了當：「你回去吧！」

走出辦公室，金文早嚇出一身冷汗。

人雖平安，當時軍中已開始全面禁止閱讀「野風」。不但訂購的全部沒收，從書攤上買回部隊的也一律查禁。原是大本營的軍中讀者流失，「野風」的銷售量頓時下跌三分之一。全盛時期動輒七八千本，一砍砍到只有四千多，損失慘重。

而且，自（兩封信）後，金文常被約談，政府還透過台糖公司的安全顧問，轉告當時總經理楊繼曾，多方示意金文，要他「別再辦了」。

五個人不只一次商量爭論，人人都覺可惜，但「為此犧牲，划不來。」尤其當年金文、魯鈍已有妻小，辛魚與黃楊也成家有望，只有師範還光棍兒一條。爭執最烈時，金文吐了一句：「老施（師範本姓），你沒成家，可以睡車站水泥地，咱可不行。」家人第一的魯鈍，自然贊成。

畢竟是公務員的保守性格，為了搞文藝丟腦袋，誰也不願意。

「野風」打拚了四十期，最後從五位發跡者身上，輕輕吹向別處。

後繼無力

「野風」的第二棒，交給同為作家出身的田湜。

田湜接辦後，大致謹守原來的風格，但特別致力開發業務。第五十二期，成立「野風作者服務部」；第六十期，增聘業務員專門負責行銷；第七十三期，民國四十三年左右，也委託香港友聯書報公司，代為經辦海外發行業務。

第一五八期起，由當年才廿歲，堪稱「野風」有史以來最年輕的主編綠蒂接手。接辦時，綠蒂還是淡江大學的學生。

在綠蒂手上，成立了「野風文藝函授班」，請作家教導寫作。還籌組「野風詩社」，出版「野火詩刊」，對新作家及作品產量很有助益。「野風」在他手上，內容與份量都顯著增加。

「野風」交棒時，還有四千多冊的銷售量，然兩度轉手至綠蒂時期，已減至兩千本。在最後一任主編許希哲手上，「野風」只活了四期，就宣告停刊。

許希哲也是作家，擔任過中國文藝協會理事、「僑聯出版社」總編輯，還創辦過「劇與藝」季刊。他把純文藝的「野風」，改成附有影劇新聞、劇本及明星照片的綜合性刊物，使「野風」看起來像個通俗影劇雜誌。

許希哲的改變，市場回應以急落的銷售量。短短四期，銷售數字從兩千跌至三百冊，不到前期的五分之一。四期後，許希哲因此虧損六萬元，只得宣告停刊。原本老字號的文藝雜誌，就這樣走入歷史。

當五十年飛過

時隔五十年，五位編輯們都早逾不惑之年。但他們不但都仍健在，近年來，也有幾回相聚。老友把酒言歡，當年身為知識份子的衝勁，也還隱藏在靈魂深處。

年紀最長的金文已移居美國加州很久，寄回的照片上一頭銀髮，氣度不減。停筆很久的金文，「秋葉樓的故事」堪稱他譯作小說的代表作。而曾有小說集「月落烏啼」出版的魯鈍，早已兒孫成群，全家福照片一排二、三十人，只見他滿面紅光，精神好得不得了。魯鈍現在是「空中飛人」，台灣美國兩地跑。

辛魚與黃楊則是老來伴。辛魚聽力不行了，黃楊則眼睛看不清，只能依稀辨色，二老自稱「一聾一瞎」，但相互扶持，當對方的眼睛與耳朵。出身詩人的辛魚，當年有「擷星錄」詩集出版；譯作能力呱呱叫的黃楊，則譯有法國小說家羅曼羅蘭的「約翰・克利斯朵夫」。當年文氣縱橫，現在則是最虔誠的上帝信徒。

最後，回到師範身上。

師範的著作，在五人當中最多，也最具文采。早年的長篇小說「沒有走完的路」、「百花亭」，或中篇小說「與我同在」，都是一時之選。現在四個女兒都長大成人，年近八十的他還是精神矍鑠，思路、氣力都比年輕人強。

這「五條好漢」的共通點，也值得細數。當時他們年齡相若（都在二十歲出頭），都在台糖服務，中英文俱佳，也都有著作結集問世。

此外，五個人都熱愛國家、社會，提得起、放得下。編辦刊物時同心協力，對文學的觀點相同，連放手時，也一齊放手。

最重要的是，直至晚年，五人都身體健康，經常來往。提及往事，雖不無遺憾，但無悔無愧。

尋找歷史定位

作家朱橋曾形容，五〇年代的文學是漫漫沙漠，「野風」是片美麗的綠洲。當代則有學者認為，「野風」雖然歷史不長，但當年蒼白的文學荒道，因它而綻放點點丰采。

五位編輯們則說，「野風」與他們七八十年的生命相較，只是一小段路。有功有過都隨人，他們問心無愧，不在乎別人怎麼說。

他們很清楚，「野風」記載的既非驚人的雄心壯志，也不為名求功。支撐當年熱情的，全是那股純然的，略帶傻氣的、著迷於文學的，年輕的衝動與氣魄。

當「野風」吹過，衝撞出熱情，輕撫過年輕。它吹的或不只是文藝之風，更是一股對社會，對理想，對心，對人的歷史清風。

轉載自二〇〇五年「歷史月刊」三月號

附錄二
文藝的師範──〈良師益友小說緣〉讀後感

董崇選　中山醫學大學應用外語系教授

學寫小說跟學做任何事情都一樣，不僅要學到術業的竅門、手法，更要培養人生觀、時代感、責任心，更要有悲天憫人的情懷，更要不囿於特定意識，不屑為某方權謀。

最近（二〇〇九年一月），《文訊》的封社長寄給我師範（本名施魯生）先生的〈良師益友小說緣〉一文，以及早期中國文藝協會舉辦文藝活動（所謂《文協十年》）的一點資料，囑我寫一篇評論性的讀後感，根據師範先生的文章，表示對當時培育創作人才的看法。我欣然接受這託付。底下便是我的讀後感。

在〈良師益友小說緣〉這篇文章裡，師範先生報導了五、六十年前（一九五一及一九五三）文協在台北舉辦第一、二期「小說研究班」的實況。中國文藝協會創立於一九五〇年，創立之初，為推展各類文藝，對舉辦研習活動，真可以說不遺餘力。除了「小說研究」之外，實際上另有「攝影研習」、「電影話劇講習」、「美術研習」、乃至「暑期青年文藝研習會」等各種活動。

師範先生的這篇報導可以分成三大部分。第一部分是「緣起」：除了告訴撰文的起因之外，主要在概述當時「小說研究組」開班授課的期程、課目、師資、學員人數、以及一般受益感受等。第二部分是「良師素描」：記述五位老師的風采與影響。第三部分則是「同窗速寫」：簡述十位同學的成就與風格。在這三大部分之後，有一段簡單的結語，再度肯定「小說研究班」的功效。

師範先生所說的那個「小說研究班」，其實是「小說創作研習班」，因為：一、參與的學員都是有志於寫小說的人，不是想研究小說的學生。二、課程也是為培養寫小說的人才而設，不是為培養鑽研小說的學者。三、課程的性質不限於「研究」，有些顯然是「習作」。按師範先生所述，課程有七大部分：人生哲學及文藝思潮、中外小說名著研析、基本創作訓練、創作心理與經驗研析、藝術欣賞指導、學員作品互改講評、教授批改作品說明、專題討論等。每一部分都有許多實際開授的課目，授課總時數為二百五十小時，每週上課五晚，每次兩小時。第一期六個月內結業，第二期則四個月（把某些課移為「課外」）。

師範先生針對課程評論說：「不要說是一九五〇年代，即使時至今日，我還不知道國內外有哪一所大學或研究所的文學科系裡，有這樣完整的課程。」這個評論一點也沒錯。我曾經到美國專研「文學創作班」的開班授課情形（詳見拙著《文學創作的理論與教學》），也曾對國內「文學創作的班課」有深入瞭解。但據我所知，國內外確實沒有一個文學科系會針對單一文類（如小說）在短期內（不到一年）開授七大類數十門課的。如以目前每上十八小時課算一學分來統計，二百五十小時就有將近十四學分。有哪個系、所會在一學期內開出十四個學分來專研小說創作呢？

其實，課多還算其次，課程的「完整性」才是重點。作家的培養，除了鍛鍊文字技巧之外，人格的修養（包括提升對人、事、物的理解力、感受力、想像力乃至價值觀、人生觀的建立等）也十分重要。從那兩期「小說研究班」的開課細節來評論，我覺得那麼多課的「完整性」就在於：既針對用字遣詞、分段謀篇、敘事寫人描物等寫作基本功夫，也針對思想啟發、創作心理、藝術鑑賞、名作風格等進行人格的鍛鍊。此外，研習批改的過程，如果處理得宜，更是人格訓練。

培養作家，除了開班授課之外，大師的薰陶格外重要。目前國內外許多大學都設有「駐校作家」，其目的不只在於開課講學，而是更著眼於就近指導薰陶。在師範先生所說的那兩期「小說研究班」裡，授課的教師有羅家倫、張其昀、陶希聖、胡秋原、任卓宣、許君武、張道藩、李辰冬、王玉川、王壽康、高明、何容、王夢鷗、王平陵、陳紀瀅、趙友培、陳雪屛、謝冰瑩、葛賢寧、沈剛伯、牟宗三、梁中銘、王紹清、郎靜山、王沛綸等等。這些不都是鴻儒大師嗎？他們等於多少位「駐校作家」呢？沐浴在這些人的文風藝學裡，一時之秀能不更加挺拔嗎？

從師範先生所特寫的五位先師（趙友培、李辰冬、陳紀瀅、虞君質、蔣碧微）中，我們可以看出：大師不是只有啟發之功，更有激勵之效。他們除了灌輸知識、教導方略之外，常常不忘安慰、鼓勵、提攜、拉拔。而我們都知道：作家是最需要別人肯定的。作家可以自備羅盤，但作家更需別人來告知「你的方向正確」。我們都知道，文藝很難成為謀生的行業，有心從事文藝的人，必須要有成功的榜樣來牽引。

文協舉辦的那兩期「小說研究班」，總共有六十九人結業。從師範先生的「同窗速寫」中，我們可以看出：那些結業的學員確實各有成就。我們不敢斷定：那些學員個個都真的「獲益匪淺」，因而個個都寫出震古鑠今的小說。但我們可以相信：那些學員都會覺得「有所收穫」，而在往後日子裡，無論創作或創業，都會在關鍵時刻感到「課有以教，師足為範」。

我不知道施魯生先生為何以「師範」為筆名。我只知道「師範大學」不是光在「傳道、授業、解惑」而已，而是在「專攻術業」之外更加「品德教養」，使門生均能他日「足以為師、足以為範」。我想：學寫小說跟學做任何事情都一樣，不僅要學到術業的竅門、手法，更要培養人生觀、時代感、責任心，更要有悲天憫人的情懷，更要不囿於特定意識，不屑為某方權謀。這種智仁勇的「全人教育」應該是創作班的職志，不是嗎？文藝既然需要「為師為範的師範」，開設任何創作班能不參考五、六十年前文協舉辦「小說研究班」的作法嗎？我們多麼希望同樣能夠有嘉惠師範先生的那些足以「為師」的良師、同窗，以及那些「足以為範」的課程開設啊！

我常很納悶：美術系、音樂系、體育系的學生，重點都在學習作畫、演奏或創作音樂、以及練習體育項目等，唯獨文學科系就把重點放在「研讀」而非「習作」，把主要目標放在培養批評家或文學學者，而非訓練作家，這真是令人不解。難道我們一定要設立「文學創作學系」之後，才可以像文協的那兩期「小說研究班」一樣，多為創作而延攬良師、開授良課嗎？這點請各文學系、所多加思考吧！

轉載自二〇〇九年三月文訊月刊第二八一期

附錄三

天地為師·身正是範（節錄）

作家　宋雅姿

師範說自己「學的是經濟，教的是心理，做的是生意，愛的是文藝」，在工作之餘耕耘出一百五十萬字的作品，而與金文、魯鈍、辛魚、黃楊共同創辦的文藝刊物《野風》，更在五〇年代的文學荒野吹起一陣風，影響至今。

身為台糖子弟，從小常見父親坐在藤椅上翻閱《台糖通訊》，對這份大人看的公司內部刊物覺得既陌生又熟悉。近日研讀文學史料，才知一九五〇年首開風氣之先，標榜「創造新文藝，發掘新作家」，在文學荒野吹起一陣春風的《野風》半月刊，就是由《台糖通訊》最初的五位編輯聯手創辦，頓時大感親切，甚至莫名的與有榮焉，因為他們說「沒有台糖，就沒有《野風》」；而《野風》當年發掘的新人，後來多成赫赫名家，如楊喚、郭楓、郭良蕙、鄭愁予、於梨華、鄧禹平、劉非烈、張拓蕪……等。

經過半世紀，當時五位奠基者中最「少年」的師範，也已七十八歲。一九五〇年十一月一日《野風》創刊時，師範已小有文名，是五位夥伴中創作量最豐，寫作時間最長的。

「一九四九年冬天，我寫了生平第一篇小說〈與我同在〉，開始業餘寫作生涯。現在整理作品，發現這麼多年來，因為工作繁忙，我只寫了大約一百五十萬字，但值得欣慰的是小說佔了一百多萬字，包括三部長篇、五十九個短（中）篇，以及三個翻譯短篇。」

「學的是經濟，教的是心理，做的是生意，愛的是文藝。」在台糖業務處經理任內，與國際廠商論起糖價錙銖必較，談起冷凍豬肉頭頭是道的師範，有一次和朋友聚會，在每人都須「盍各言爾志」的說笑中，作了這首打油詩自我調侃，並且加註：「最愛的排在最後，所以迄今一事無成，其來有自。」說一事無成當然太客氣，否則也不會有作品全集了。

二十五歲就以二十五萬字的長篇小說《沒有走完的路》走紅文壇，師範的潛力讓人矚目。陳紀瀅先生認為這部以對日抗戰勝利前後為背景的小說，「敘事章節井井有條，對話流暢，人物性格刻劃深刻，布局開朗宏大」，尤其讚賞此書的淳樸、沉靜和含蓄的愛，「一個青年人能寫成這種火候，實在很不容易。」歸人先生則說：「它簡直是每一個二十五歲上下的中國知識青年的縮影。」難怪一九五二年八月一出版，三個月內三刷，銷售萬冊，「沒有走完的路」甚至成為當時年輕人的口頭禪。

誠如王鼎鈞在《新生報》副刊所推介：「拿走路的心情來體驗人生，是再親切沒有的。」謹記當年大家對他的鼓勵，邁著堅定的步伐走過半世紀，雖「驀然回首，竟老之已至」，師範從不抹煞過去的腳印，正如他從未割捨對文藝的喜愛。

在挫折中逐步成長

師範，本名施魯生，一九二七年生於江蘇南通三餘鎮興餘鄉，本是書香門第，祖父是前清秀才。但父親施夷如認為農業社會開始沒落，應該創業才有出路，曾在張謇創辦的大有晉墾牧公司三餘區任管墾之職，分得良田，也算小地主。後來轉任興餘鄉鄉長，盡心造福鄉梓，創辦當時各鄉中第一所初級小學（即今之興餘小學）；又常半夜起床率鄉民搶修海堤，保護村莊，積勞成疾，於一九三六年病逝，那年師範才十歲。

「父親平常管教我們很嚴，臨終前還告訴母親，無論如何都要注重孩子們的教育。母親就賣田賣地供我們讀書。」但孤兒寡母就是受盡欺侮，「沒跟人借錢，沒半張借據，也要乖乖『還錢』。」年頭不好，又常遭土匪搶劫，「土匪當著我們幾個孩子的面毆打母親，逼我們說出藏錢的地方。連父親的皮裘、靈位前錫製的燭台都被搶走。」這些記憶傷痕，後來都寫進半自傳式的小說《沒有走完的路》中。

母親連生五個女兒才盼到他這個男孩，常說：「你是我們到南通狼山求觀世音求來的。」即使繼妹妹之後，母親又生了小弟，他仍是家中最受寵的，五歲就被送進興餘初小讀書。十一歲小學畢業，母親將他送到上海接受中學教育後，十七歲考進南京中央大學經濟系，一九四七年畢業，又考進台灣糖業公司，隻身到台北就業。

「可以說，十一歲以後我幾乎很少在家裡待過，真是對不起家中每一個人，總覺得他們的福分都給我一個人佔了。」讀中央大學是公費，台糖公職讓他安身立命，想到家國的栽培，他一輩子念茲在茲的總是「回饋」二字。感恩之心促使他二十五歲那年就「迫不及待」地寫下動亂時代的半自傳故事，「寫《沒有走完的路》是邊寫邊哭，現在校對新版，還是邊哭邊看。」

十一歲離家後，他就不再是溫室裡的花朵。第一個打擊是「沒人買你的賬」。「不像在父親辦的小學，老師拼命給我第一名，同學也常讓我三分。當時不懂事，還很沾沾自喜。」在班上，他永遠是年紀最小的，從大大小小的挫折中逐步成長，他的眼界也越來越開闊。看報紙讓他知道國家大事（鄉下難得見到一張報紙）；閱讀冰心、曹禺的作品，又在敵機轟炸中啃了不少各式各樣的書，使他對文藝從興趣而終至沉迷。

野風吹動新文藝

他的文學生命是拜台糖所賜。一九四七年初進台糖，從營運專員室業務員幹起，第一篇作品——兩萬八千字的中篇小說〈與我同在〉，是為了參加公司徵文而寫，得了第一名，經濟研究室編輯組長孫鐵齋（筆名金文）大為激賞，決定馬上自《台糖通訊》五卷十七期（一九四九年十二月十一日）開始連載，「創下《台糖通訊》刊登小說的首例。」金文除鼓勵他多寫作，並向原單位挖角，將師範延攬至編輯組。當時《台糖通訊》編輯部臥虎藏龍，除了精通日文、文筆極佳的金文，還有擅長散文的魯鈍（俞仰賢）、寫新詩的辛魚（刑鴻乾）、外文呱呱叫的黃楊（楊蓮，楊乃藩之妹），加上會寫小說的師範，五位平均二十三、四歲的文藝青年，天天在辦公室裡摩拳擦掌，切磋「武藝」，總想有一番作為，但《台糖通訊》畢竟是公家機關刊物，無法滿足他們對文藝的追求與理想。市面上純文藝刊物更是少見。每次收到中國石油公司辦的綜合刊物《拾穗》，「怎麼都是翻譯作品，沒有創作？」五個充滿創作衝動的年輕人決心自掏腰包，合辦一份以創作為主的文藝刊物。「我們同時有個默契，約好先辦六期看看，如果無法周轉，就承認失敗。」

私人出資，一切從簡，剛開始就以台糖辦公室為編輯場所，下班後五人留下來「腦力激盪」。刊名叫什麼好呢？因為嚮往當年上海的《西風》雜誌，決定刊物一定要有「風」。但吹什麼風？可就想破頭。大家七嘴八舌，幾番投票討論，最後是辛魚的「野風」出線。「野風吹動新文藝」，大家都很滿意，但又怕太「野」，惹人閒話。辛魚找來雕塑家朋友黃植榮，為雜誌畫了一幅戴寬邊帽的年輕女孩，雙手輕壓帽沿，望著遠山迎風前行。師範看了這藍色的封面，皺著眉頭發表意見：「這女孩看起來像個中學生，會不會使我們的雜誌看來太青澀？」其他編委雖覺得這話不無道理，但出刊時間緊迫，也就算了。沒想到這個封面後來成了《野風》的正字標記，以不同套色沿用至一百七十五期。師範也沒想到「當初實在不是很滿意的封面設計，後來居然越看越順眼了。」

新刊物總有個發刊詞，但他們想「來點不一樣的」。金文對師範說：「老施，你是寫小說的，就來個短篇開場吧！」於是創刊號就以師範的短篇小說〈任務〉為代發刊詞，描寫一艘在大海中行進的登陸艇，接到任務時卻遇上濃霧，千鈞一髮之際，幸好一陣大風及時吹散濃霧，得以完成使命。暗喻《野風》要吹散文壇濃霧；並在每期首頁明示：《野風》文藝半月刊的任務是創造新文藝，發掘新作家。

為了給每位寫作者公平的發表機會，《野風》從不私下邀稿，並定下不徇私、稿子不好就退的原則，要走後門，「門都沒有」。每一篇稿，五位編輯都得看過，三人以上同意才刊登；但因各人所長不同，每種文類，擅長的人當然多費點心；師範專攻小說，辛魚看詩，魯鈍和黃楊在散文及譯作上「加強火力」。金文什麼都看，一旦發生論戰，他的責任就是「袖手旁觀」，看大夥兒能吵出什麼定見來。因鐵面無私，挖到不少明日之星；也無心退了一些今之名家的稿，有些作家並不氣餒、再接再厲，日後終於成了名家。當時青年作家若有幸上《野風》，形同鍍金。

《野風》第一期印兩千本，不到六天銷售一空；逐期增加，很快銷售量即達七千本，讀者羣遍及社會各角落。原本該付印刷廠的款項很快付與，而且居然另覓辦事處，發展出門市部。經濟情況改善，稿費隨即調升，由千字十元、十五元到二十元。當時還在軍中服役的張拓蕪，月薪只有十二塊錢，有次領到《野風》的二十元稿費，高興得不得了，頻頻向編輯們道謝。

「事業」越做越大，師範等人白天有台糖正事要忙，晚上又挑燈夜戰，望著一天湧進兩、三百篇來稿，大感「無福消受」，只好招聘一位助編，代為初審青年園地的稿件。

因應文友需要，《野風》編輯部決定在一九五一年九月底，創刊滿周年前，舉辦「以文會友」活動，本來戰戰兢兢，怕場面寥落，沒想到盛況空前，各路「英雄好漢」擠滿會場。活動結束，工作人員都累癱了，師範打點善後，忽然想起什麼，轉身問魯鈍：「今天點心盒裡裝些什麼？」魯鈍一愣，轉問金文，金文也是「不知道」，三人相視大笑，忙了整天滴水未進，竟都渾然不覺。

「以文會友」成功，《野風》讀者迅速增加，但也因樹大招風，引來明槍暗箭。離台糖不遠的保安司令部「長官」常不請自來，最後連台糖總經理也不得不「關切」，告訴領頭的金文：「我知道你們本身都沒問題，但想留在台糖，就把雜誌交給別人辦。」

誰也沒料到會有這一天，辛苦耕耘這麼久，放手難免不捨。若選擇離開公職，以當時《野風》的氣勢仍大有可為。但金文、魯鈍已有妻小，辛魚和黃楊即將共組家庭，只有師範還是光棍。「你要不要接？」大家把希望放在他身上，但想到上有老母，師範嘆了一口氣，「算啦！成功不必在我。」來接棒的是青年作家田湜，從此，打拼了四十期、樹立良好口碑的《野風》，由五位奠基者身上吹向別處，後來又轉手綠蒂、許希哲，終於在一九六三年十月第一九二期畫下休止符。

事過境遷五十年，二〇〇二年那次老友重聚，魯鈍見到師範還是忍不住說：「我一直在想，當年如果你接，《野風》一定大有可為。」師範則認為「美好一仗已打過，放了手，就別想太多。」

業餘專心投入創作

塞翁失馬，焉知非福。一九五二年七月，《野風》交棒，八月師範的第一部長篇小說《沒有走完的路》出版，三個月內狂銷萬冊，獲該年度中華文藝金委員會頒贈「優秀作品」及稿費獎助。一九五三年四月，《與我同在》出版，收入五個短篇小說；同年一月，第二部長篇小說

〈穀倉願望〉在《自由青年》旬刊連載。這個描寫一位中國船員在有「東方穀倉」之稱的羅馬尼亞，為救一世家千金，假結婚而衍生的愛情故事，原是應美國新聞處《今日世界》主編之邀，以英文撰寫，約稿條件十分優厚。寫了一半，主編調職，他改用中文創作，完稿後逕寄正徵求長篇小說的《自由青年》，被當時主編楊念慈一眼相中，十二萬字分九期連載。

一九五四年，台糖總管理處遷往彰化溪州。他在當地生活近三年，利用公餘將所見所聞以小鎮各式人物為軸，寫成十一個短篇，這些人物在十一篇中出現並輪流擔任主角、配角，貫穿成《苦旱・燃燒的小鎮》短篇小說集。

一九五六年，新新文藝社出版師範的中篇小說集《遲來的幸運》；同年前後，他在《台糖通訊》以「斯凡」為筆名，寫了一系列有關生活與思想的散文，專欄名「思想散步」，如〈宗教——信不信由你〉、〈自我價值——不妨高估〉、〈謙虛——不嫌太過分嗎〉、〈立場——請再往前一步〉……等篇，展現他簡練獨到的散文寫作功力。

他另一部有影響力的長篇小說《百花亭》，一九六四年十月由《文壇》月刊一口氣登完十六萬字全文，十一月隨即出單行本。這部以寶斗里綠燈戶為背景的小說，在當年是極為大膽的題材，「但全書未帶一個髒字」。什麼鳳仙茉莉杜鵑丁香，都是師範為「百花亭」十個不同容貌、性格、遭遇的女子取的名字，在他悲憫的筆尖下演繹出不同的命運。這部小說構思很久，「但下筆兩週就完成了」。蒐集資料的過程中，「為了去抄一家妓女戶門口對聯，差點挨揍，後來「乾脆付錢進去聽故事。」潘壘在此書再版代序中說：「我很清楚，這部作品是他利用公餘，包括睡眠時間去完成的。令我驚訝的是，他每天幾乎寫了一兩萬字，這種速度別說還要思考，即便抄寫，也絕非易事。」

師範自己認為，經過《與我同在》、《沒有走完的路》，這一路摸索下來，到了《小鎮》及《百花亭》，他已抓住寫小說的訣竅。《百花亭》和《苦旱・燃燒的小鎮》異曲同工之處是：前者原想以系列短篇呈現，寫了幾篇感覺不對，馬上以原有人物重新構思寫成長篇；後者原是長篇構想，卻改以短篇表現。他比喻自己的寫作歷程是：不知而行、行而後知、知而後行，邊說邊笑：「可見我是孫中山先生的忠實信徒。」

一九六〇年一寫完《百花亭》，他就被台糖保送美國普渡大學進修，一年多後回國更受重用，公務繁忙，鮮少創作。直到一九七五年二月才重新為《台糖通訊》執筆，開闢「夜讀雜記」專欄，介紹西方新思想、新趨勢，同年十二月又因以經濟分析專家身份率團赴沙烏地阿拉伯考察而停筆。

心安理得，坦然樂觀

服務台糖期間，尤其擔任業務處經理任內，一手掌握產銷，權重一時，但處理公事一向

「六親不認」。「公家的事半親都不能認。」一九八八年自台糖退休時，他其實未滿六十五歲。退休前兩年，十分器重他的董事長汪彝定問：「聽說你身分證上的出生年有誤。」他據實以告：「來台灣後，報戶口時，我在資料表上填民國十六年，辦事員卻抄成十二年，下面兩點省掉了。」汪董事長勸他去更正，因為副總經理即將退休，屬意他來接任。但他覺得就算更正年齡，四年後還是得退休，不如早點把機會讓給年輕人，執意以身分證上的六十五歲「屆齡」退休。

本以為離開公職，文學生命就可以立即再出發，沒想到馬上有事業第二春，應邀擔任民營雅勝冷凍食品公司首席技術顧問。他應聘的條件有二：一、「絕不搶台糖的市場」，所以不做他在台糖一手打造的冷凍豬肉，改做冷藏；二、「別想通過我去揩台糖的油」。這顧問職自一九八八年做到一九九七年國內發生口蹄疫，公司外銷停頓而自請辭職。隨即又轉任中華貿易開發公司董事長特別助理，直到二〇〇一年才真正離開職場。

「在事業第三春時，因為工作不那麼忙碌，有零碎的時間寫稿，完成中篇小說〈不變的步伐〉，「台糖編輯說我老將復出，我則是飲水思源。」二〇〇三年十一月，他又完成七千字的短篇小說〈慧眼〉。

好奇請教為何以「師範」為筆名，他笑了。「以前金文就說我用這筆名有點自大，實在冤枉。因為我的乳名璠培是家族排名，祖父以『孔子之魯，會魯國諸生』而把我取名魯生。既然原名璠培，本姓施，諧音『師範』，是想以天地為師，身正是範。都是崇他，哪敢自大？」

一進台糖，他就秉持陳榕邨先生的哲言：「是非審之於己、毀譽聽之於人、得失安之於數」，之後在任何環境都發現「這原則仍然有用，非常有用。」因為堅信「為人處世，最重要的是心安理得」，所以師範至今仍坦然樂觀，在「沒有走完的路」上，踩著「不變的步伐」，希望自己「每天都接近真理一點」。

轉載自二〇〇四年九月「文訊」月刊第二二七期

國家圖書館出版品預行編目

紫檀與象牙：當代文人風範 / 師範著. -- 一版. -- 臺北市：秀威資訊科技, 2010.05

面； 公分. -- (史地傳記類；PC0114)

BOD版

ISBN 978-986-221-461-9(平裝)

855 99006921

史地傳記類 PC0114

紫檀與象牙
——當代文人風範

作　　者 / 師範
發 行 人 / 宋政坤
執行編輯 / 林世玲
圖文排版 / 張慧雯
封面設計 / 陳佩蓉
數位轉譯 / 徐真玉　沈裕閔
圖書銷售 / 林怡君
法律顧問 / 毛國樑　律師
策　　劃 / 文訊雜誌社
出版印製 / 秀威資訊科技股份有限公司
台北市內湖區瑞光路583巷25號1樓
電話：02-2657-9211　傳真：02-2657-9106
E-mail：service@showwe.com.tw
經 銷 商 / 紅螞蟻圖書有限公司
台北市內湖區舊宗路二段121巷28、32號4樓
電話：02-2795-3656　傳真：02-2795-4100
http://www.e-redant.com

2010年 5月　BOD一版
定價：200元

讀　者　回　函　卡

感謝您購買本書，為提升服務品質，煩請填寫以下問卷，收到您的寶貴意見後，我們會仔細收藏記錄並回贈紀念品，謝謝！

1.您購買的書名：＿＿＿＿＿＿＿＿＿＿＿＿＿＿

2.您從何得知本書的消息？

☐網路書店　☐部落格　☐資料庫搜尋　☐書訊　☐電子報　☐書店

☐平面媒體　☐ 朋友推薦　☐網站推薦　☐其他＿＿＿＿＿

3.您對本書的評價：(請填代號　1.非常滿意 2.滿意 3.尚可 4.再改進)

封面設計＿＿　版面編排＿＿　內容＿＿　文/譯筆＿＿　價格＿＿

4.讀完書後您覺得：

☐很有收獲　☐有收獲　☐收獲不多　☐沒收獲

5.您會推薦本書給朋友嗎？

☐會　☐不會，為什麼？＿＿＿＿＿＿＿＿＿＿＿＿＿＿＿＿＿＿

6.其他寶貴的意見：＿＿＿＿＿＿＿＿＿＿＿＿＿＿＿＿＿＿＿＿

＿＿＿＿＿＿＿＿＿＿＿＿＿＿＿＿＿＿＿＿＿＿＿＿＿＿＿＿

＿＿＿＿＿＿＿＿＿＿＿＿＿＿＿＿＿＿＿＿＿＿＿＿＿＿＿＿

＿＿＿＿＿＿＿＿＿＿＿＿＿＿＿＿＿＿＿＿＿＿＿＿＿＿＿＿

讀者基本資料

姓名：＿＿＿＿＿＿＿＿＿＿　年齡：＿＿＿　性別：☐女　☐男

聯絡電話：＿＿＿＿＿＿＿＿　E-mail：＿＿＿＿＿＿＿＿＿＿

地址：＿＿＿＿＿＿＿＿＿＿＿＿＿＿＿＿＿＿＿＿＿＿＿＿

學歷：☐高中(含)以下　☐高中　☐專科學校　☐大學

☐研究所(含)以上　☐其他＿＿＿＿＿＿＿

職業：☐製造業　☐金融業　☐資訊業　☐軍警　☐傳播業　☐自由業

☐服務業　☐公務員　☐教職　☐學生　☐其他＿＿＿＿＿

請	貼
郵	票

To：114

台北市內湖區瑞光路 583 巷 25 號 1 樓

秀威資訊科技股份有限公司　　　收

寄件人姓名：

寄件人地址：□□□

(請沿線對摺寄回,謝謝!)

秀威與 BOD

BOD（Books On Demand）是數位出版的大趨勢，秀威資訊率先運用 POD 數位印刷設備來生產書籍，並提供作者全程數位出版服務，致使書籍產銷零庫存，知識傳承不絕版，目前已開闢以下書系：

一、BOD 學術著作—專業論述的閱讀延伸
二、BOD 個人著作—分享生命的心路歷程
三、BOD 旅遊著作—個人深度旅遊文學創作
四、BOD 大陸學者—大陸專業學者學術出版
五、POD 獨家經銷—數位產製的代發行書籍

BOD 秀威網路書店：www.showwe.com.tw
政府出版品網路書店：www.*gov*books.com.tw

永不絕版的故事・自己寫・永不休止的音符・自己唱